KB098010

사찰기행

불교 유산을 찾아서

일러두기

신판은 가독성을 위해 본문의 글꼴 및 레이아웃을 일부 변경했다.
지도의 경우 기록으로만 남아있는 장소에 한정하여 삽입했고,
위치는 저자가 그린 약도를 토대로 표시하였다.

2024년 4월 5일 초판 1쇄 발행
2024년 11월 25일 신판 1쇄 발행

감수   퇴우정념
글   권혁진, 정원대

펴낸이 원미경
펴낸곳 도서출판 산책
편집   김미나 정은미

등록   1993년 5월 1일 춘천80호
주소   강원특별자치도 춘천시 우두강둑길 185
전화   (033)254_8912
이메일 book8912@naver.com

ISBN 978-89-7864-135-7 정가 18,000원

사찰
기행

감수 **퇴우정념**
글 권혁진 정원대

불 교
유산을
찾아서

자연의 아름다움을 완성하는 가치

당나라의 유우석은 그의 「누실명」에서, "산이 높지 않더라도 신선이 있으면 명산이요, 물이 깊지 않아도 용이 살면 신령해진다."라고 했다.

산부재고 山不在高 유선즉명 有仙則名
수부재심 水不在深 유용즉령 有龍則靈

노자는 『노자』〈제25장〉에서, "도는 크고 하늘도 크며, 땅도 크고 인간(혹 왕)도 크다. 우주 간에 네 가지 큰 것이 있는데 인간도 그 중 하나이다."라고 했다. 노자의 도가 사상하면, 가장 먼저 '무위자연'이 떠오르곤 하지만 의외로 노자는 천지와 대등한 인간을 말하고 있다.

자연은 분명 좋다. 흔히 사람들은 원시림은 광릉 수목원처럼 아름드리나무가 빼곡할 것으로 생각하곤 한다. 그러나 사실 인간의 손이 닿지 않는 원시림은 나무들의 치열한 경쟁 속에 아름드리나무로 성장하기 어렵다. 즉 자연을 최고의 자연으로 완성하는 화룡점정에는 인간의 붓터치가 존재하는 것이다.

우리나라는 산이 70%를 차지하는 산악 국가다. 그러나 아이러니하게도 세계적으로 내로라하는 명산은 많지 않다. 원시림 속의 나무들처럼 그만그만한 정도의 산이 파도처럼 일렁이는 것이 우리네 금수강산인 것이다.

그러나 산이 다소 밋밋하더라도 그곳에 고승과 명찰이 들어서면 상황은 급변한다. 오대산에 월정사가 없고, 영축산에 통도사가 없다면 어떨까? 길도 나지 않았을 것이며, 찾는 이 없는 쓸쓸한 자연의 산하에 불과하지 않았을까?!

유우석이 말하는 신선과 용이 한국 산하에서는 고승과 사찰이 아닐까? 자연과 어우러져 자연을 살리는 멋스러운 낭만. 그것이 고승과 사찰에 고이 깃들어 있다.

지난 시대가 물질의 발전을 추구하는 시대였다면, 오늘날은 스토리를 중시하는 이야기의 시대이다. 오대산을 필두로 강원도에도 많은 이야기가 사찰과 골짜기에 깃들어 있다. 과거의 이야기를 현대화하고 우리에게 다가오도록 하는 것은 우리의 정신과 강원도가 모두 풍요로워지는 일이다.

이와 같은 뜻깊은 역할을 권혁진, 정원대 선생님께서 해주고 계신다. 불교를 넘어 강원도민으로서 대단히 감사한 일이 아닐 수 없다. 이 책을 통해서 청정한 강원도를 넘어서는 인문의 고향이자 모든 현대인의 쉼터로서의 강원도가 되었으면 하는 마음을 가져 본다.

오대산에서
조계종 제4교구 월정사 주지 퇴우정념 합장

폐사지에서 깨닫는 자연의 섭리

옛 문헌을 뒤적이다 보면 절을 노래한 한시를 자주 접하게 된다. 무슨 뜻일까 번역하다 보면 문득 절이 보고 싶어진다. 길을 나선다. 행방이 묘연한 절은 더 흥미롭다. 우여곡절 끝에 절터를 찾으면 잡초가 우거진 경우가 대부분이다. 기와 파편을 찾거나 부도를 만나기도 한다. 홀로 선 탑을 바라보기도 한다. 장엄했던 시간을 뒤로 한 채 자연으로 돌아가는 폐사지에 서면 자연의 섭리를 깨닫는다.

정시한1625~1707이 오대산 북대에서 동쪽으로 6~7리를 가서 도착한 암자는 함허당이었다. 산에서 가장 깊숙한 곳에 밀선 스님 혼자 거주하고 있다가 저녁 식사를 대접하였다. 솔잎 반찬뿐이었다. 함허당은 길이 험하여 월정사의 노스님도 보지 못하였고, 어떤 스님은 영지를 캐러 갔다가 처음 보았다고 말할 정도였다. 함허당을 찾으러 신선골로 들어섰다. 폭포는 거대한 장애물이다. 폭포를 넘고서도 계속 난관은 이어진다. 포기하려고 할 때 암자 터가 보인다.

함백산의 자장율사 순례길을 따라가면 적조암 삼거리가 나온다. 이어지는 능선은 샘터 사거리까지 연결된다. 중함백 정상 근처 바위에서 바라보는 북서쪽의 전망은 눈을 시원하게 한다. 북쪽으로 심적암을 찾아 나섰다. 우여곡절 끝에 조그만 능선을 넘으니 심적암 지붕이 보인다. 바위가 호위하는 암자는 속세 사람의 접근이 어려운 곳이다. 수도하는 데 방해될까 두려워 이내 돌아선다.

오대산을 중심으로 강원도 전역의 불교 유산을 다뤘다. 정원대 선생님은 늘 함께 답사했다. 일섭, 석훈은 적조암을 찾을 때 벗이 되어주었다. 옆에서 늘 응원해주는 순지와 순원, 그리고 아내에게 고마움을 전한다. 책이 출간되도록 물심양면으로 지원해 주신 퇴우정념 스님께 감사의 인사를 드린다.

2024년 봄

권혁진

영동

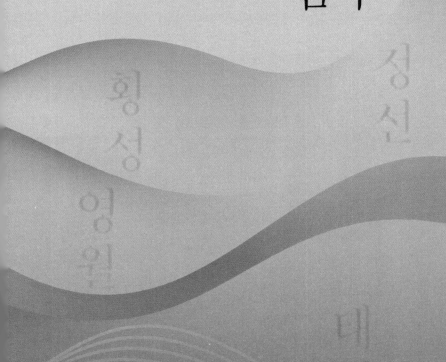

영서
남부

월정사

나라 안 명산 중에서 가장 좋은 곳, 불법이 길이 번창할 곳, 그곳에 세워진 월정사의 역사는 신라 선덕여왕 12년643 자장율사로부터 시작된다. 자장율사는 중국 오대산에서 문수보살을 친견하게 되는데, 이때 부처님의 사리와 가사를 전해주며 신라에서 오대산을 찾으라는 가르침을 준다. 귀국한 자장율사는 오대산에 도착하여 중대에 진신사리를 묻고 문수보살을 친견하고자 월정사 터에 움막을 짓고 기도한다. "월정사는 처음에 자장법사가 모옥을 지었으며, 다음에는 신효거사가 와서 살았다. 다음에는 범일의 제자인 신의두타가 와서 암자를 세우고 살았고, 뒤에 수다사 장로 유연이 와서 살면서 점점 큰 절이 되었다." 『삼국유사』의 기록이다.

태조 왕건은 월정사에 매년 봄·가을로 백미 200석과 소금 50석을 공양하고, 이러한 원칙이 계승되도록 하였다. 충렬왕 33년1307에 화재로 타버리자 중창했고, 조선 순조 33년1833에 다시 큰 화재를 입었다. 헌종 10년1844에 중건하여 대찰의 모습을 회복했다. 한국전쟁을 맞아 칠불보전을 비롯한 문화재가 잿더미가 되었다. 만화당 희찬 스님이 1968년에 중건한 것을 시작으로 월정사 주요 전각 대부분을 중건했다.

김시습, 「월정사」, 『매월당집』

오래된 전각 향에 묻히고 봄날 기니 古殿香銷春晝長
겹겹이 꽃 그림자 동쪽 행랑 비치고 重重花影在東廊
스님 왔으나 주지는 소나무처럼 누웠고 上方松偃僧來寺
구름 담을 넘으니 선실에 나그네 적으며 禪室客稀雲度墻
구슬 휘장 영롱하게 나무 감싸는데 珠網玲瓏裝寶樹
하늘 꽃 아스라이 평상에 떨어지네 天花縹緲落猊床
신선 사는 산 속세와 멀리 떨어졌으니 仙山迥與人寰隔
책 속 옥 먹는 법 익히고 싶네 願學靑囊飧玉方

김시습 눈에 비친 월정사는 한가로움이다. 봄날에 월정사에 드니 향냄새가 에워싸고 만발한 꽃이 반긴다. 봄날 주지스님은 소나무처럼 누워 낮잠을 잔다. 깊은 산 속이라 찾는 이는 드물고, 구름만 담을 슬그머니 넘는다. 자연과 하나가 된 고즈넉한 월정사다. 주망珠網은 제석천의 궁전 위에 설치하는 구슬로 만든 그물을 가리킨다. 주망이 극락세계에 있다는 칠보수림七寶樹林을 감싸는 듯하니 월정사는 극락세계다.

이민구, 「오대산 월정사에서」, 『동주집』

천년 고찰 월정사月精寺 千年月精寺
물은 한강 근원이라 하네 水號漢江源
나그네 흰 구름과 함께 와서 客與白雲到
스님과 맑은 밤에 담소하는데 僧來淸夜言
탑은 빛나 창문에 어른대고 塔光搖戶牖
풍경 소리 마음 일깨우네 鈴語警心魂
내일 호계虎溪 건너게 되면 明日虎溪渡
고독원孤獨園 잊지 못하리 依依孤獨園

월정사는 깨달음의 공간이다. 낮에 생각하기 어려운 경계다. 주위가 고요한 밤 중이면 이민구의 시속으로 들어갈 수 있다. 달 밝은 밤이면 탑에 달린 풍경이 빛을 발한다. 바람에 흔들리는 빛은 풍경소리를 내면서 창문 창호지에서 명멸한다. 이러한 경계 속에 있노라면 속세의 끓던 욕망은 어느새 헛된 것이 되어서 사라져 버린다.

이명한, 「월정사」, 『백주집』

탑 그림자 누대 조용하고　塔影當樓靜
종소리 건물 이르자 작아지는데　鍾聲度院稀
새벽 나무에 까마귀 울고　鴉啼山木曙
등 희미한데 스님 염불하네　僧語佛燈微
양치하는데 바리때 얼음 얼고　漱口氷生椀
문을 여니 옷에 눈 내리는데　開門雪到衣
향 사르고 경전 보니　焚香看道帙
평생의 잘못 문득 깨닫네　頓覺百年非

　　새벽의 월정사는 고요하기 그지없다. 속인들이 사라진 시간.
강원 감사가 행차했던 월정사의 낮도 소란스럽기는 마찬가지였
을 것이다. 새벽 종소리마저 사라져서 잠을 더 청하려다가 까마
귀 소리와 독경 소리에 이불 밖으로 나왔다. 산속은 이미 한겨울
이다. 양치할 물은 얼고 눈까지 내린다. 눈 내리는 소리가 들릴
정도로 적막하기 그지없다. 경내를 산책하려다가 경전을 한 구절
읽고 죽비로 맞은 듯 깨닫는다.

남대 지장암

월정사에서 오대천을 따라 걸으면 남대 지장암을 알리는 이정표가 보인다. 다리를 건너자 길은 바로 숲속으로 들어간다. 거대한 나무 사이로 굽어지는 길은 지장암으로 이어진다.

지장암이 위치한 남대는 『삼국유사』에 처음 등장한다. 신라의 왕자인 보천과 효명 태자는 남대 기린산에 여덟 보살을 우두머리로 한 1만의 지장보살이 나타나자 예를 드렸다는 대목이 보인다. 허목은 「오대산기」에서 "장령봉 동남쪽이 기린봉이고, 정상이 남대. 남쪽 기슭에 영감사가 있고, 이곳에 사서를 소장하고 있다."라고 한 것으로 보아 현재 영감사와 사각의 배후봉을 남대로 보고 있음을 알 수 있다. 송광연도 「오대산기」에서 허목과 같은 입장이다.

기린산 정상 부근에 있던 지장암을 '중부리'로 옮겼다가 조선 말에 지금 자리에 터를 잡았다. 이후 1975년에 북방 최초 비구니 선원인 기린선원을 열어 명성을 떨치게 되었다.

김시습, 「남대」, 『매월당집』

푸른 기린봉 하늘 닿았고　麒麟峯色碧摩天
높은 보살봉 정상 둥근데　菩薩巍巍頂相圓
뚜렷한 금강저 달 아래 흔들리고　歷歷金鈷搖月下
너풀너풀 법의 구름 가 날리네　飄飄毛毛服颺雲邊
꽃 번진 절 향기로운 비 내리고　花敷蓮界香成雨
구름 번진 모래밭 공양 올리니　雲布金沙福有田
저녁 큰 발원 기쁘게 참여하여　今夕喜參弘願海
감실 등잔 밑에 앉아 참선 보리라　一龕燈下坐觀禪

　금강저는 번뇌를 깨뜨려서 보리심을 성취시켜 주는 기능을 한
다. 누적된 악업과 온갖 번뇌 망상에 대적하기 위해서 지녀야 하
는 법구이다. 김시습은 부처님에게 기쁘게 발원하겠다고 했는데
어떤 소원을 빌었을까 궁금하다.

　지장전 뒤쪽으로 오솔길이 이어진다. 전나무 사이로 걸어가니
새롭게 단장한 샘물터다. 오대마다 샘솟는 유명한 물이 있는데
남대는 총명수가 예로부터 유명하다.

영감사

『조선왕조실록』을 비롯한 역사 기록이나 주요 서책은 춘추관과 외사고인 충주·전주·성주의 사고에 보관하였다. 임진왜란 때 전주사고본만 병화를 면하여 다시 실록 소장처가 논의되었다. 새로이 선정된 사고는 내사고인 춘추관을 비롯하여 외사고인 강화·묘향산·태백산·오대산의 다섯 사고다. 사명대사가 1568년부터 영감암에 머물렀는데, 대사의 건의로 오대산사고가 건립되었다.

오대산사고는 태조부터 명종까지의 실록 초고본을 봉안하였고, 1805년에 정조실록을 봉안하기까지 59회 가량 행해졌다. 오대산사고에 봉안된 『조선왕조실록』은 일제강점기에 일본 동경제국대학으로 옮겨졌다가 관동대지진 때 대부분 소실되었다. 최근에 일부 남아 있던 실록이 반환되어 규장각에 소장되었다가 오대산으로 돌아왔다.

이재, 「9월 16일 영감사에서 짓다」, 『도암집』

고당에 부모 늙고 병들었는데 高堂親老病
나라 일 나를 머무르게 하네 王事我淹留
아득히 저녁에 구름 바라보니 杳杳瞻雲夕
어둑한 가을에 앙상한 나무들 陰陰落木秋
깊은 산에 외로이 절만 있고 萬山孤寺在
온갖 근심에 등불 그윽하네 千慮一燈幽
어떻게 무사하단 소식 전하며 安得傳平信
멋진 유람 알려줄 수 있을까 因之詫壯遊

이재는 1704년 7월에 강화에 갔다가 9월에 오대산을 방문했다. 포쇄하는 임무를 띠고 영감사에 온 것이다. 포쇄하는 일을 마치면 늦가을 저녁에 남쪽 하늘을 바라보며 하루의 일과를 끝낸다. 영감사는 연꽃이 반쯤 핀 형국인 연화반개형 명당에 자리 잡았다. 주위의 봉오리들이 연꽃잎처럼 절을 감싸고 있어서 아늑하다. 남쪽으로 조금 트인 곳에 먼 산이 아스라이 들어온다.

김정희, 「포사하기 위해 오대산에 오르다」, 『완당전집』

온 길 굽어보자 가깝게 여겨지니 俯看來路近
모르는 사이에 그윽한 이곳 왔네 不覺入幽冥
봉우리 반은 모두 구름 잠기고 峯半全沈白
숲 끝은 멀리 푸른 하늘 얽혔는데 林端遠錯靑
스님은 밖에서 보호해 주고 法雲呈外護
신선 불은 그윽이 듣는 걸 돕네 仙火攝幽聽
바위 골짜기에 남은 땅 넉넉하니 巖洞饒餘地
무슨 인연으로 조그만 정자 지을까 何緣結小亭

*火攝(火攝子) : 불을 붙일 때 쓰는 도구

　오대산까지 왔으니 얼마나 힘들었을까. 막상 오대산사고에 도착하니 언제 왔는가 싶을 정도로 마음에 들었다. 산은 높아 반은 구름이 덮고 울창한 숲은 하늘을 찌를듯하다. 갑자기 오대산에 땅을 얻어 조그만 암자를 짓고 싶어진다. 오대산은 골짜기마다 포근하다. 위압적인 기세로 사람을 누르지 않는다. 어머니처럼 찾는 이를 안아준다. 오대산의 미덕을 몸으로 느끼자 이곳에 머무르고 싶어졌다.

허응당, 「영감사에서」, 『허응당집』

남대 영감사 옛 선사 살던 곳 南臺靈鑑舊禪居
지팡이 짚고 사월 초에 지났네 一杖經過四月初
흰 벽에 옛 영정 참고한 스님 그림 素壁祖圖叅古影
찬 뜨락에 글자 모양 새 발자국 寒庭鳥跡見新書
신선 꽃에 사슴 숲서 냄새 맡고 仙花野鹿林間嗅
약초밭에 산승 비 온 후 김매네 藥圃山僧雨後鋤
배꽃 피어 향기 나무에 그윽하니 更有梨花香滿樹
두견새 성근 가지 날아와 우네 子規來叫一枝踈

영감사는 평화로움이다. 오가는 사람 없어 한적하니 뜨락은 새 세상이다. 암자를 둘러싼 전나무 숲은 사슴 세상이다. 우물 옆 배나무엔 꽃 세상이다. 꽃이 만발하여 눈이 내린듯하다. 배꽃 향기가 은은히 퍼지자 두견새가 날아든다. 내리던 봄비가 멎었다. 스님은 호미를 들고 무심하게 약초밭으로 향한다. 그림 속의 일부가 되었다.

금강대

비스듬한 오솔길을 따라 능선을 넘으니 '금강대'가 보인다. 정시한은 깊은 골짜기에 있어 볼 만한 것이 없다고 했지만, 수행자에겐 더없이 좋은 곳이다. 볼만한 것이 없다는 것은 유람객의 불평이다. 금강대는 한마디로 검이불루儉而不陋다. 검소하지만 누추하지 않다는 말이 적절하다. 그윽하여 거처할 만하다는 김창흡의 평이 합당하다.

샘물 옆에 간단한 세간이 놓여 있다. 한 모금 마시니 정신이 번쩍 난다. 산비탈을 이용한 밭은 손바닥만 하다. 통나무로 만든 의자에 앉으니 남쪽으로 산이 아득하다. 평온하면서 욕심이 사라진다. 며칠 머물고 싶다.

정시한의 『산중일기』를 펼친다.

혜찰과 함께 석대 위에 앉아 오랫동안 구경하다가 금강대암金剛臺菴에 도착하니 암자는 비어 있다. 잠시 두루 보다가 혜찰을 돌려보내고 영감사에 이르렀다. (중략) 다시 금강대암에 올랐는데 암자는 깊은 골짜기에 있어 볼 만한 것이 없다.

김창흡, 「오대산기」, 『삼연집』

비스듬히 서쪽으로 가서 산록 하나를 오르자 작은 암자가 나타난다.
'금강대金剛臺'라고 하는데, 그윽하여 거처할 만하다.
다시 수백 보를 나아가자 사고史庫가 있다.

　김창흡의 발길은 학담에서 서쪽 산록을 올라 금강대에 이르렀
다. 금강대에서 수백 보를 가서 오대산 사고에 도착했다. 금강
대의 위치는 학담과 오대산 사고 중간이다. 강재항의 「오대산
기」도 김창흡의 노선과 동일하다. "더 북쪽으로 가다가 조금 서
쪽으로 이동하여 능선 하나를 올라 금강대를 지나서 사각에 도
착하였다."라고 적었다.

동대 관음암

관음암으로 향하는 길 입구의 위풍당당한 전나무의 모습은 여기가 오대산이라는 것을 보여준다. 시작부터 가파른 고행길이다. 길 위에 새겨놓은 '시심마是甚麼'가 나그네를 붙잡는다. '이것이 무엇인가?', '무엇이 부처인가?', '그대의 본래면목은 무엇인가?'라는 화두이다.

화두에 골몰하다 보니 관음암 지붕이 축대 위에 파랗게 빛난다. 관음암이라고 부르는 것은 동대에 일만의 관세음보살이 머물러 계신 곳이기 때문이다. 관음암이 자리한 산은 만월산이다. 달 뜨는 모습이 천하제일이라지만 만월산 위 하얀 구름도 일품이고, 서쪽에 펼쳐진 시원한 산줄기도 일품이다.

관음암은 구정선사가 출가하여 공부했던 곳이다. 비단 장수를 그만두고 제자가 되고자 따라갔다. 절에 도착하자 스님은 밖에 있는 큰 가마솥을 부뚜막에 걸라고 해서 반나절 일을 하여 일을 마쳤다. 스님께 보여드렸더니 왼쪽으로 옮기라 하여 옮기어 놓았다. 마지막 아홉 번째 일을 마치자 노스님은 제자로 받아들이며 구정九鼎이란 법명을 주었다. 청년은 정진하여 훗날 구정선사가 되었다.

김시습, 「동대」, 『매월당시집』

대나무 우거진 곳 커다란 불상　雙竹叢邊大士身
원래부터 보타산에 있지 않았네　元來不住寶陁山
자비심 늘 티끌의 누 구제하고　悲心長救微塵累
원력은 몇 번 생사 관문 돌렸던가　願力幾回生死關
노을 약간 비춘 것처럼 두 뺨 붉고　兩臉丹如霞半點
초승달처럼 두 눈썹 굽었네　雙眉曲似月初彎
원통문을 어찌해서 일찍 닫았나　圓通門戶何曾閉
단지 드리는 정성 생각할 뿐　只在輸誠一念間

　구원을 바라는 중생들에게 자비를 베푸는 관세음보살이 머무는 보타산은 보타낙가산을 가리킨다. 『화엄경』에 선재동자가 구도를 위해 세상을 돌아다니던 중 도착한 곳이기도 하다. 동대 관음암엔 청계수가 유명하다. 공양간 옆에 있는 청계수를 마시니 답답한 마음이 시원해진다.

신성암

"보질도보천태자는 항상 골짜기의 신령스러운 물을 마시더니 육신이 공중으로 올라가 유사강에 이르러 울진대국의 장천굴에 들어가 도를 닦았다. 다시 오대산 신성굴로 돌아와 50년 동안이나 도를 닦았다."『삼국유사』의 기록이다.

고려 말기에 신성굴은 신성암으로 등장한다. 권근의 보각국사의 행적을 기록한 글에 "금오산으로 들어갔다가 다시 오대산에 들어가 신성암에 거처하였다."라는 대목이 나온다. 신성암이 주요한 수도 공간으로 기능한 역사를 보여준다.

기록에 의하면 태자가 수양하던 신성굴은 신선골 입구 산기슭에 있었다. 신선골로 들어가자마자 좌측 산기슭에 넓은 공터가 보인다. 위아래 두 곳이다. 기와 파편도 보이고 축대인 듯 돌도 쌓여 있다. 앞 계곡은 추담秋潭이란 못이 보인다. 풍계대사楓溪大師, 1640~1708는 신성팔경神聖八景을 노래하였다. 8경 중에 3번째가 '추담에서 물고기 바라보기[秋潭翫魚]'이다. 신선골 입구에 보천태자의 수행 정신을 계승하고자 신성암神聖庵을 지어놓고 수도처로 삼고 있다.

이익상, 「신성암」, 『매간집』

신성암 창건된 해 생각해보니　神聖菴思創始年
신라 왕자 예서 선 구하던 때　新羅王子此求仙
당시 사적 누구한테 물어볼까　當時事跡從誰問
나이 많은 고승 쉼 없이 전해주네　綠髮高僧亹亹傳

　이익상이 신성암에 들렀을 때는 그가 강릉부사였던 1676년이었을 것이다. 그때 신성암의 역사에 대하여 자세하게 말해준 스님은 누굴까? 1676년에 송광연은 시내를 따라 10여 리 올라가서 신성굴에 도착하였다. 한 무더기 바위가 시냇가에 우뚝 솟았고, 아래에 작은 굴이 보인다. 위에 정사 한 칸을 새로 지어놓고 수좌승 의천이 머물면서 자신의 호를 환적당이라 하였다. 의천은 가만히 앉아 도를 닦아 정신과 풍채가 의연하고, 나이가 일흔넷인데도 얼굴에 젊은이의 광채가 가득하다.

상원사

신라 신문왕의 아들 보천은 진여원 터 아래 푸른 연꽃이 핀 것을 보고 그곳에 암자를 짓고 살았다. 아우 효명은 북대 남쪽 산끝에 푸른 연꽃이 핀 것을 보고 그곳에 암자를 지었다. 함께 예배하고 염불하면서 수행하였다. 후에 왕이 된 효명태자는 진여원을 개창하면서 상원사의 역사가 시작되었다.

상원사로 향하던 세조는 계곡물을 만나자 지나던 동자승에게 등을 밀게 하면서 임금의 옥체를 본 사실을 말하지 말라고 한다. 동자승은 문수보살을 친견했다 말하지 말라며 사라졌고, 병은 씻은 듯 사라졌다. 일화를 뒷받침하는 관대걸이가 상원사 입구에 세워졌다. 세조는 상원사에 행차했다가 행궁으로 돌아와 과거시험을 실시하고 문과 18명, 무과 37명을 뽑았다.

상원사로 향하는 계단 오른쪽에 오대산의 근현대를 지켜온 선사들의 부도가 있다. 한암 스님은 한국전쟁 때 상원사를 지켜낸 일화로 유명하다. 탄허 스님은 불경 번역과 승려 교육에 힘을 쏟았다. 만화 스님은 월정사를 다시 일으켜 세웠다.

김시습, 「상원사」, 『매월당집』

첩첩산중 물 구비 도는 곳　亂山疊疊水洄洄
그곳에 사찰 비로소 세웠네　中有祇園紺宇開
하늘 깨끗해 상서로운 구름 빛나고　天淨瑞雲騰燀赫
땅 영험해 좋은 풀 품고 있는데　地靈嘉草孕胚胎
벗겨진 향로 법당에서 향 오르고　香媒斑剝薰金殿
흐르는 샘물에 붉은 이끼 자라네　泉液淋漓釀紫苔
다리 위 누각의 달 사랑스러운데　最愛橋樓明月夜
첩첩산중에서 두견새 슬피 우네　數層峯裏杜鵑哀

*기원(祇園) : 기원정사의 준말. 옛날 중인도 마가다 사위성 남쪽에 있던 절.
*감우(紺宇) : 절. 사찰.

　김시습이 상원사를 찾았을 때 법당은 퇴락해 있었다. 하룻밤
묵었는가. 밤에 누대에 오르니 동대 만월산 위로 둥근 달이 떠오
른다. 오대산을 비치는 달빛을 누가 사랑하지 않을 수 있겠는가.
망연히 달구경하고 있는데 두견새 우는 소리가 적막을 깨뜨린다.
슬피 우는 두견새 소리는 김시습의 마음이다. 언제 이 슬픔이 다
할 것인가.

이이, 「남대 서대 중대에서 노닐고 상원사에서 묵다」, 『율곡전서』

옹기종기 작은 산들 굽어보니 俯覽衆山小
여기저기 안개 낀 나무 가지런 浩浩煙樹平
돌 틈에 흐르는 차가운 샘물 冷冷石竇泉
한 번 마시자 세상일 잊히네 一飮遺世情
선방에서 부들방석 앉으니 禪房坐蒲團
상쾌한 기분에 꿈마저 맑고 灑落魂夢淸
새벽 종소리 반성 일어나니 晨磬發深省
담담한 심정 말 못하겠네 澹澹吾何營

남대 서대 중대를 오르기 위해 덩굴 잡고 오르니 발밑으로 구름이 일어나고 작은 산들은 옹기종기 모여 있다. 목마를 때마다 마신 오대의 샘물은 어지러운 속세를 잊게 해 준다. 상원사 선방에서 가부좌하고 앉으니 상쾌하기 그지없다. 새벽 종소리에 단잠에서 깨어 일어났다. 오대산 샘물처럼 담담할 뿐이다. 모든 욕망이 사라진 것 같다.

정추, 「오대산 문수사에서 묵다」, 『원재고』

고요한 밤 풍경소리 하늘서 울리고 夜靜風箏響半空
울긋불긋 법당에 불등佛燈 밝은데 丹靑古殿佛燈紅
노승은 우통수 물맛 즐겨 말하니 老僧愛說于筒味
지수智水와 어느 물이 묽고 진한가 智水與之誰淡濃

*지수(智水) : 여래의 명철한 지혜를 맑고 깨끗한 물에 비유하여 이르는 말.

『신증동국여지승람』에 실려 있을 정도로 유명한 시다. 그런데 강릉부 동쪽 해안에 있는 문수사의 대표적인 시로 인용하고 있다. 문수사는 한송사로 알려진 절을 가리킨다. 문수사는 상원사의 다른 명칭이라는 것을 알지 못하였던 것 같다. 그의 문집인 『원재고』에서 위 시는 「금강담」, 「월정사」와 함께 연이어 수록되어 있다. 제목도 「오대산 문수사에서 묵다」이고, 시의 내용에 우통수가 나오니 『신증동국여지승람』이 시를 엉뚱한 곳에 실은 것이다.

서대 수정암

　조선시대에 김창흡은 돌을 밟고 계곡물을 힘들게 건너서 굽이 굽이 산등성이를 올랐다. 나무가 길을 막아 여러 번 쉬었다. 얼마 되지 않아 암자에 도착하였다. 몇 년 전에 화재를 당하여 새로 지었는데, 꼼꼼하게 단장했다. 위치가 알맞고 바람이 깊숙이 분다. 잠시 쉬니 정신이 안정된다. 고승이 말한 '조도助道의 경계'라 한 것은 아마도 이를 두고 일컬은 것 같다. 동행하는 사람에게, "3년 동안 여기서 주역을 읽으면 거의 깨우침이 있을 것이다. 자네는 나를 따를 수 있겠나?"라고 하였다. 수정암이 도를 깨치는 데 최적의 장소라는 것을 입증해준다.

　수정암 툇마루에 앉아 앞을 바라보면 '조도의 경계'라는 의미를 깨닫게 된다. 오대산에 자리 잡은 암자들이 그러하지만 여기는 더 특별하다. 막힘없는 경계는 절로 마음속 응어리를 풀어지게 한다. 들끓는 욕망을 차분히 가라앉게 만든다. 멀리 바라보는 눈은 절로 하늘을 담아 맑아진다.

김창흡, 「오대산」, 『삼연집』

서대에 낙엽 쌓여서　西臺落葉積
쓸쓸히 암자 닫지만　寥闃閉紺園
어찌 새소리 들으며　何曾聞一鳥
원숭이 잠글 수 있나　可以鎖六猿
우통수 물 맑고 찬데　筒泉湛然滿
한강 여기서 발원하니　漢江斯發源
내 십 년간 머무르며　吾將十年棲
천 리 밖 살펴보리　坐閱千里奔

마음의 원숭이는 사방으로 치닫는다. 마구 일어나 제어하기 어려운 마음을 비유한 말이다. 불안한 마음은 말로도 비유된다. 생각의 말이 미쳐 날뛰는 것은 마음의 원숭이가 사방으로 치닫는 것과 같다. 심원의마心猿意馬는 사람의 망념을 일으키는 마음이 마치 미쳐 내닫는 말이나 날뛰는 원숭이처럼 일정한 방향이 없이 사방으로 마구 내달리는 것을 형용한 말이다. 진정시키기 위한 약은 우통수 찬물 마시기다. 십 년 정도는 마셔야 마음을 진정시킬 수 있고 도를 깨칠 수 있다.

북대 미륵암

　북대로 향하는 길은 완만한 오르막과 날 것 그대로의 흙길이다. 자신도 모르게 사색하게 하는 명상의 길이다. 여름철에 야생화와 가을철의 단풍이 피곤함을 잊게 한다. 소명골을 건너며 크게 꺾인 길은 조그만 계곡을 만나자 다시 방향을 바꾼다. 옛길은 계곡 옆 오솔길을 따라가야 한다. 많은 고승과 사대부들이 북대를 가기 위해 땀을 흘리던 곳이다. 가파른 길을 거슬러 올라가서 환희령을 넘었다.

　옛길은 다시 임도와 만나고 바로 미륵암이 나타난다. 미륵암 뒷마루에 앉으니 앞에 파노라마로 펼쳐진 산이 장엄하다. 높고 탁 트인 전망이 미륵암의 첫 번째 승경이다. 또 하나의 승경은 산을 삼켜버리는 안개다. 선실로 밀려 들어와 지척을 분간할 수 없게 만들곤 한다. 앞 산자락엔 나옹화상이 적멸보궁을 바라보며 수행했다는 나옹대가 있다.

김창흡, 「오대산」, 『삼연집』

북대 어찌나 아득한지 北臺何縹緲
신선 사는 곳까지 솟았네 高出六六天
앞엔 삼인봉 걸려있고 前峰三印挂
멀리 태백산과 이어졌네 遠勢太白連
나무들 붉은 기운 띠는 건 楓杉流絳氣
감로수가 물 대주기 때문 注玆甘露泉
구름 아래에 홀로 서니 獨立雲在下
고요하고 밝은 달빛이여 寥朗片月懸

　　육륙천六六天은 신선이 사는 곳에 있다는 36동천을 가리키는 말
로, 천하의 뛰어난 경치를 의미한다. 미륵암이 있는 북대를 가리
킨다. 미륵암 앞에 봉긋하게 솟은 안산이 삼인봉이고 파도치듯
저 멀리 산들은 아스라하다. 태백산도 있고 발왕산도 물결 속에
있다. 북대에는 암자가 몇 채 더 있었다. 송광연은 상왕대 아래에
고운암이, 그 아래에 상두암과 자시암이 있다고 「오대산기」에 기
록하였다.

중대 적멸보궁

사자암을 지나 적멸보궁을 향하던 순례객은 금몽암에서 쉬면서 샘물을 마시곤 했다. 세조가 꿈속에서 얻은 우물이라 전해진다. 금몽암은 사라지고 샘물만 용안수란 이름으로 남아 있다. 금몽암은 적멸보궁에서 향을 피우는 스님들이 머물던 곳이었다.

금몽암 뒤 돌계단을 밟고 수십 보 올라가면 적멸보궁이다. 적멸보궁 뒤는 신라의 자장율사가 중국 오대산에 들어가 문수보살을 뵙고 전해 받은 부처님의 진신사리를 봉안한 곳이다. 이때부터 오대산은 문수보살 성지로 자리매김하게 되었다.

진신사리가 봉안된 중대를 주위의 산들이 병풍처럼 에워싸고 있다. 용이 여의주를 희롱하는 형국이다. 중대는 용의 머리다. 암행어사 박문수가 이곳을 방문하고 "스님들이 좋은 기와집에서 일도 하지 않고 남의 공양만 편히 받아먹고 사는 이유를 이제야 알겠다."라며 천하의 명당이라고 감탄했던 곳이다. 스님들도 "한 구역 내에 있는 많은 중의 탯줄이 바로 여기에 있으니, 이곳이 아니면 성불成佛할 씨앗이 사라진다."라고 말할 정도로 명당 중의 명당이다.

나옹화상, 「오대산 중대에서 짓다」, 『나옹화상가송』

지팡이 짚고 유유자적 묘봉妙峰 오르니 策杖優遊上妙峰
성현의 남긴 자취 본래 공空 아니네 聖賢遺跡本非空
자연스럽고 기이한 곳이라 틈 없으나 天然異境無間隔
골짜기마다 솔바람 날마다 불어오네 萬壑松風日日通

『나옹화상가송』에는 '나옹삼가'로 불리는 「완주가」·「백납
가」·「고루가」가 수록되어 있다. 나옹화상이 수도하면서 터득한
것을 가요화한 것으로 심오한 수도의 세계를 형상화한 대표작이
다. 「고루가」는 일생을 아무런 자각 없이 살다가 마른 뼈로 변하
여 진흙 속에 버려져 있는 해골을 통해, 인생의 무상을 깨닫고서
참된 도를 깨달을 것을 권고하는 노래다. 나옹화상이 「고루가」를
읽고 도를 닦으라고 꾸짖는다.

김시습, 「중대」, 『매월당시집』

자줏빛 구름 끼자 빈 전각 영롱하고 虛閣玲瓏鎖紫煙
초목이 무성하니 뜰엔 꽃 만발한데 庭花爛熳草芊綿
우담발화 상서로운 꽃 삼계에 피고 優曇瑞蕚敷三界
끝없는 상서로운 빛 구천에 뻗쳤네 無頂祥光射九天
거문고에 바람 스치니 부처님 말씀인 듯 風過焦桐聞梵語
금몽암에 구름 걸리니 신선 내려오는 듯 雲低金甕降眞仙
풍경소리 아득히 소나무 소리 섞이니 磬聲遙與松聲合
여래가 오묘한 불법 말씀하시는 듯 宣說如來不二禪

자줏빛 구름은 인간의 세계가 아니다. 그곳에 우담발화가 피었다. 3천 년에 한 번 핀다는 꽃은 부처가 세상에 출현하여 설법하는 것을 비유하는 말로 쓰인다. 욕계뿐만 아니라 색계와 무색계까지 폈다. 상서로운 빛은 천제가 사는 곳까지 비추니 이곳은 바로 적멸寂滅의 세계다. 바람 소리뿐만 아니라 풍경소리와 솔바람 소리도 부처님 말씀처럼 들리는 중대다.

김창흡, 「오대산」, 『삼연집』

중대는 산 가운데 차지하여　中臺占位正
산속의 경승 독차지했으니　擅勝一山中
용이 나는 듯 모든 산 인사하며　龍飛萬嶺拱
독수리 웅크린 듯 누각은 높네　鷲蹲孤閣崇

　중대 오른 송광연은 「오대산기」에서 이렇게 적는다. "적멸보궁에 앉았으니 오대산의 진면목이 바로 눈앞에 있는 듯 역력하게 보인다. 태백산과 소백산이 구름 사이로 점을 찍어 놓은 것처럼 보인다. 이곳저곳을 자유롭게 보며 회포를 펼치니 속세를 벗어나고 싶다. 얼마 지나 비가 오려는 조짐이 있더니 눈꽃이 날린다. 아무 시름없이 이를 바라보다가 내려와 상원사로 돌아왔다." 한겨울에 찾으면 이러하지 않을까. 순례자가 적은 평일에 와야 중대의 미학을 제대로 느낄 수 있다.

사자암

1742년에 사자암을 찾은 정기안은 더할 수 없이 높고 고결하며 맑을 뿐만 아니라, 시야가 널찍하여 즐길만하다고 평하였다. 사자암에 대한 적절한 평이다. 사자암은 적멸보궁을 수호하는 암자다. 보천과 효명태자가 비로자나불을 중심으로 일만 문수보살을 친견한 곳이다.

사자암은 산의 지형을 이용하여 경사면에 계단식으로 층층이 전각을 지었다. 1층은 해우소로 쓰이며 조금 뒤로 물려 석축을 쌓고 지은 2층은 공양실이다. 3층은 수행자들이 묵는 곳으로 숙소로 이용된다. 다시 석축 위에 지은 4층은 스님들의 수행처로 사용되는 공간이다. 5층은 비로전이다. 사자암이라는 명칭은 문수보살이 사자를 타고 다니기에 붙여진 이름이다. 비로전 입구에 두 마리의 사자상이 보인다.

길을 따라 적멸보궁으로 향했다. 중대 사자암에서 적멸보궁까지는 약 30분 정도 걸린다.

권근, 「오대산사자암중창기」, 『양촌집』

내가 일찍이 듣건대, 강릉부의 오대산은 빼어난 경치가 예로부터 드러났다기에, 원찰을 설치하여 훌륭한 인과응보를 심으려 한 지 오래였다. 지난해 여름에 노승 운설악雲雪岳이 와서 고하기를 '중대에 사자암이란 암자가 있었는데 국가를 비보하던 사찰입니다. 중대의 양지쪽에 자리 잡고 있어 이 대를 오르내리는 사람들이 모두 거쳐 가는 곳입니다. 세운 지 오래되어 없어졌으나 빈터는 아직도 남아 있으므로 보는 사람들이 한탄하고 상심합니다. 만약 이 암자를 다시 세운다면 많은 사람의 마음에 기뻐하고 경축함이 반드시 다른 곳보다 배나 더할 것입니다.'라 하였다.

1401년 봄에 태조가 권근에게 사자암중창기를 지으라고 명하였다. 위에 3채, 아래 2칸을 세웠는데 규모가 작기는 하나 형세에 합당하게 되어서 사치하거나 크지 않았으며, 공사가 끝나자 11월에 친히 와서 낙성하였다고 권근의 글은 알려준다.

허목은 중대에서 조금 내려오면 사자암이 있는데 태조가 창건한 것으로, 권근에게 명하여 「사자암기」를 짓게 하였고, 샘물이 있는데 아래로 흘러 옥계수가 된다고 「오대산기」에서 재차 밝혔다.

적조암터

1687년에 오대산을 찾은 정시한은 특별한 정보를 알려준다. "영감사 뒤쪽 고개를 넘고 냇물을 따라 10여 리를 가서 신성암에 이르렀다. 암자 앞 위아래에 두 개의 연못이 있다. 위쪽 연못은 사람의 힘을 이용하여 냇가에 대를 쌓았다. 위에 단청한 누각이 눈부시게 빛난다. 이곳은 의천이 창건했는데 진흙 벽이 모두 깨지고 비어 있은 지 이미 5~6년이 되었다. 절에 있던 중을 호랑이가 잡아먹자 떠나서 비게 되었다고 한다. 큰 바위 아래에 빈 전각 한 칸이 있고, 위에 있는 옛 암자 터에 초가집 여러 칸이 보인다."『산중일기』의 일부분이다. 정시한이 본 것은 퇴락한 신성암이었다. 1718년에 김창흡이 신선골 입구를 지나게 되었다. 신성굴이 옆에 있는데, 옛날에 이름난 중이 기거하던 곳이었으나 지금은 황폐한 터가 되었다고 기록하였다. 건물은 이미 쓰러지고 터만 남게 되었다.

정시한은 신성암을 두루 보고 나서 적조암寂照庵에 올랐다. 암자 옆 폭포는 시름을 잊게 하기에 제격이다. 도를 닦다 무료하면 폭포를 무심히 바라보았을 것이다.

사자암 상원사 적조암터 뱀골

정시한, 「산중일기」, 『우담집』

신성암을 보고 나서 다시 앞 냇물을 건너 냇물을 따라 7~8리를 갔다. 작은 냇물을 건너 적조암에 올랐다. 수좌 의규는 81세로 예전부터 알고 지내던 사이처럼 맞이하였고, 함께 잠시 이야기하였다. 함께 밥을 지어 저녁을 먹었다.

신성암에서 출발하여 계곡을 따라 올라갔다. 상원사 아래 골짜기로 방향을 틀었다. 예전에 이곳을 통하여 북대로 가기도 했다. 인적이 끊긴 계곡은 좁지만 청정무구다. 계곡을 따라 십여 분 남짓 걸으니 폭포가 길을 막는다. 산기슭으로 올라서니 적조암터다. 사방에 기와 조각이 보인다. 무너진 축대도 절터라는 것을 보여준다. 정시한은 북대를 거쳐 함허당에 들렀다. 다시 북대를 거쳐 중대, 상원사를 방문한 뒤 적조암에 들렀다. "또 가다가 냇물을 건너 적조암에 이르니 의규 노스님이 기쁘게 맞이하였다."란 글이 보인다.

자씨암터

정시한은 아침식사 뒤에 수좌 의규와 작별하였다. 밀선 경복과 함께 북대에 오르다가 사자봉 정상에 이르렀다. 길은 매우 높고 험하여 바위 모서리를 힘껏 잡아당기며 올랐다. 또 환희점 위 삼인봉에 오르니 동해가 내려다보인다. 북대암, 상두암 등의 암자를 바라보며 오랫동안 앉아 쉬었다. 북대에 이르니 자리한 땅은 평평하고 바르며 시야가 탁 트였다. 멀리 바라보니 구름에 싸인 산은 막힘이 없다. 물을 끌어다 쓰는데 한겨울에도 얼지 않아 '감로甘露'라고 부른다. 오대 가운데 가장 높이 있는 명당으로 암자 또한 정교하게 만들어졌으나 비어 있은 지 이미 오래되었다. 서북쪽으로 수십 걸음 오르니 상두암이다. 더욱 바람이 없고 탁 트이게 뚫렸으며 삼인봉을 안산으로 한다. 참으로 도인이 수도하는 곳이다. 북대에서 중대로 향하다가 자씨암에 들린다.

자씨암터

사자암

상원사

정시한, 「산중일기」, 『우담집』

아침 식사 뒤에 밀선과 함께 두루 거쳐 북대암에 들어갔다. 잠시 쉬다
가 상두암을 경유하여 내려갔다. 한 암자 터를 지나 백호봉 아래에 있는
자씨암慈氏菴에 올랐다. 깊은 우물에 떨어질 것 같이 길이 험하다. 암자
에서 오랫동안 휴식했다. 달리 볼 만한 것이 없다. 우물 샘은 달고 차서
이 산에서 가장 좋다. 겨울에는 따뜻하고 여름에는 차며 물이 넓고 깊어
마르지 않는다고 한다.

상원사에서 북대로 향했다. 작은 소명골을 지나 큰 소명골 입구
에 섰다. 아래쪽에서 폭포 소리가 세차게 들린다. 폭포와 맑은 연
못 중 감상할 만한 곳이 많다는 구간이다. 골짜기로 들어서자 바
로 와폭이다. 규모는 작지만 아기자기한 폭포에 힘든 줄 모른다.
북대로 가는 환희령에서 흘러오는 물과 상왕봉에서 내려오는 물
이 합류하는 곳도 와폭이다. 상왕봉으로 향했다. 얼마 가지 않아
폭포 옆에 암자터가 보인다. 송광연이 말한 자시암慈施庵이리라.

함허당터

    정시한이 북대에서 동쪽으로 6~7리를 가서 도착한 암자 함허당涵虛堂은 득통 화상과 관련이 있을 것이다. 함허당은 이 산에서 가장 깊숙한 곳에 자리잡았다. 절터가 산으로 둘러싸여 있으며 정교하고 교묘하다. 밀선 스님 혼자 암자에 거주하고 있다가 정시한에게 저녁 식사를 대접하였는데, 솔잎 반찬뿐이었다.

    함허당은 월정사에서 60여 리의 거리로 길이 매우 험하고 높아서, 월정사의 노스님도 보지 못하고 죽을 정도다. 희원 스님이 이번 봄에 자지紫芝를 캐러 갔다가 처음으로 보았다고 말하였다.

    함허당으로 가는 길은 험로다. 원골과 이별하고 신선골로 들어가는 순간 맞닥뜨리는 폭포는 마지막 거대한 장애물이다. 폭포를 넘고서도 계속 난관은 이어진다. 포기하려고 할 때 함허당터가 나온다.

정시한, 「산중일기」, 『우담집』

동쪽으로 6~7리를 가서 함허당涵虛堂에 이르렀다. 밀선이 거주하는 곳인데 이 산에서 가장 깊숙하다. 절터가 둘러싸여 있으며 정교하고 교묘하다. 평범한 눈으로 보니 암자가 자리 잡은 곳은 앞산이 잘못된 것 같다. 밀선은 25세로 춘천 사람이며 용모가 단정하고 사람됨이 편안하고 자상하다. 유점사에서 중이 되어 수좌를 지낸 지 이미 4~5년이 되었으며, 혼자 이 암자에 거주하고 있다. 나에게 저녁 식사를 대접하였다. 소금, 간장, 채소절임은 없고, 단지 솔잎만으로 반찬을 해서 먹는다.

홍천 내면으로 넘어가는 두로령 정상에 서니 백두대간을 표시한 거대한 이정표 뒤로 산들이 첩첩하다. 북대에서 동쪽으로 6~7리를 갔다고 하니 두로봉 정상 아래 양지바른 곳이다. 오래전부터 오대산 깊숙한 이곳저곳에 암자가 있었고, 스님들은 그곳에서 용맹정진하여 깨달음을 얻었다. 오대산을 불국토라 불러도 틀린 말이 아니다. 오대산의 역사는 골짜기마다 수도하던 암자의 역사이기도 하다.

수다사지

오대천을 끼고 구불구불한 길을 따라간다. 오대천은 동쪽의 두타산과 서쪽의 백석산 사이로 흐른다. 수다사지는 오대천 변의 수항계곡에 있다. 인근에 있는 두타산의 이름이 수다사와 관계가 있을 것 같다. 집착을 버리고 심신을 수련하는 것을 두타라고 이르는데, 바로 수다사는 두타행을 행하는 곳이다.

수다사는 자장 스님이 월정사와 정암사를 창건하기 이전에 건립한 사찰로서 삼국유사에 언급되어 있다. 자장 스님은 만년에 수다사를 짓고 살았는데 이후 문수보살을 친견하기 위해 태백산 갈반지에 석남원을 건립한다. 월정사의 창건 연기에 의하면, 수다사의 장로 유연 스님이 와서 살아 점차 큰 절을 이루게 되었다.

수다사는 11세기 전반까지도 높은 사격을 유지하고 있었을 것으로 짐작되며, 삼국유사가 집필되던 13세기에도 사찰의 존재가 알려져 있었거나 법등이 이어지고 있었다. 지금은 탑만이 밭 위에서 좌선하고 있다. 건너편 바위 절벽은 천년을 같이 서 있다.

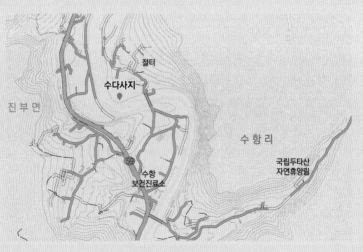

김부의, 「수다사」, 『동문선』

열흘 남아 눈비에 광풍 일터인데 經旬雨雪且狂風
홀로 무료히 소합에 앉았어라 獨坐無聊小閤中
백의 관자재보살님을 믿어 賴有白衣觀自在
우러러 절하니 인연 공空해지네 一回瞻禮萬緣空

　삶에 나타나는 일체의 현상들은, 인연 따라 일어나고 인연이
다하면 소멸한다. 아무리 애써 지키고 간직하려 해도 결국은 모
두 지나가며, 그토록 집착하고 서원하던 모든 것 또한 스치듯 허
망하게 사라진다. 일체의 현상들에는 근본적인 실체나 주체가 없
다고 하는 이유이다. '공空'은 모든 사물은 어떤 인연에 의해 지금
그 모습을 하고 있을 뿐, 불변의 실체는 없다는 것을 의미한다.
우리 눈앞의 물체나 자신의 육체, 인생의 고락 모두가 시시각각
변화하는 '비어 있는 것'에 지나지 않는다.

흥법사지

섬강 너머로 문막이 보인다. 영봉산이 아늑하게 감싼 곳에 절터가 자리를 잡았다. 밭 중앙에 석탑이 우뚝하다. 석탑 뒤편으로 거북 받침돌과 머릿돌만 남아 있다. 여의주를 물고 있는 입과 부라린 눈은 금방이라도 달려들 기세다. 땅바닥을 딛고 있는 네 발은 힘이 넘쳐난다. 정육각형 안에 만卍자와 연꽃을 새긴 등껍질은 섬세하기 그지없다. 머릿돌은 기운생동하는 용트림이다. 구름 속에서 다투고 있는 두 마리의 용은 비늘마저도 꿈틀거린다.

『고려사절요』는 충담이 죽자 흥법사에 탑을 세우고 왕이 친히 비문을 지었다고 적는다. 1530년에 편찬된 『신증동국여지승람』은 절에 비석이 있는데 고려 태조가 친히 글을 짓고, 최광윤에게 명령하여 당 태종의 글씨를 모아서 모사하여 새겼노라고 알려준다. 고려의 이제현은 "뜻이 웅장하고 깊으며 위대하고 곱다. 글씨는 큰 글자와 작은 글자, 해서와 행서가 서로 섞여 있어서 마치 난새와 봉황이 일렁이듯 기운이 우주를 삼켰다. 진실로 천하의 보물이다."라고 글과 글씨에 찬탄하였다.

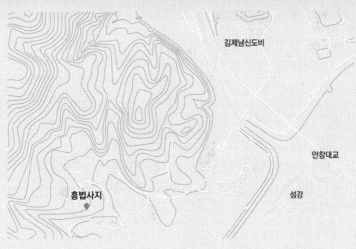

서거정, 「원주의 흥법사비를 읽다」, 『사가집』

당 태종의 글씨 용이 꿈틀거린 듯하고 唐宗宸翰動龍螭
여 태조의 문장 유부의 말과 흡사하네 麗祖奎章幼婦辭
오늘날 누가 탁본을 세상에 전해서 今日誰敎傳墨本
만지는 순간 귀밑털 흰 걸 느끼게 할꼬 摩挲不覺鬢成絲

성현1439~1504이 원주에 감사로 부임하여 고을 안에 있는 관음
사를 살펴보니 반 토막 난 비석이 보였다. 부녀자들이 옷을 다듬
질하고 소들이 뿔을 비벼서 글자가 닳고 획이 떨어져 나간 상태
로 방치되다시피 하였다. 원래 있던 자리에서 고을 안의 관음사
로 옮겨졌음을 알 수 있다. 이민구1589~1670의 기록은 이후의 일
을 알려준다. 비석에 새긴 글씨를 탁본하려는 이가 줄을 잇자, 오
고 가는 것이 번거로워 비석을 관아에 옮겨 놓았다. 객관 모퉁이
에 작은 집을 지어 비각을 세우고, 내력을 기록하여 후대 사람들
이 보전할 수 있게 하였다.

거돈사지

축대에 서 있는 느티나무는 천 년이 되었다. 절이 세워지고 중창하고 무너지는 것을 본 거돈사의 산중인이다. 흥하고 쇠하는 만물의 이치를 온몸으로 터득한 선사같이 묵묵히 서 있다. 거대한 뿌리는 석축의 돌을 끌어안고 있다. 나무 아래 의자에서 절터를 바라보노라면 마음이 한결 가벼워진다. 욕심이 저절로 사그라든 것 같다.

절터 한가운데 하얗게 솟아오른 삼 층 석탑이 폐사지의 허전함을 메꾸어 준다. 절터에 이제 온전히 남아 있는 건 탑 하나뿐이다. 바람에 쓸리고, 불에 타버릴 수밖에 없었던 긴긴 세월을 홀로 지내왔다.

거돈사는 신라 후기인 9세기 창건돼 고려 초 중창됐다. 광종의 비호 속에 원공국사 지종930~1018이 불교 종파 중 하나인 법안종 세력을 크게 떨쳤다. 사후 현종 15년1025에 국사로 추증되면서 원공국사승묘탑과 탑비가 조성됐다. 승묘탑에서 본 절터는 비어있는 공간이다. 거돈사터의 매력은 공간에 있다.

최충, 「거돈사원공국사승묘탑비」

멸滅한 것이 없건만 멸하였고, 끝나지 않았건만 끝났구나.
석가의 그물이 사라지고 선종禪宗 산림山林이 다시 비어
비신과 귀부가 끊어져도 이 탑은 우뚝하네.
아주 오랜 시간이 흘러도 높은 기상 길이 퍼지리라.

　원공국사930~1018의 법명은 지종이다. 비문에는 생애와 행적, 덕을 기리는 내용이 담겨있다. 고려 현종 16년1025에 세운 것으로, 당시 '해동공자'로 불리던 대학자 최충이 글을 짓고, 김거웅이 글씨를 썼다.

　비석의 머리는 험한 인상을 한 용의 머리 모양이다. 등에 새긴 무늬는 정육각형에 가까우며, 육각형 안에는 卍모양의 연꽃무늬를 돋을새김하였다. 머릿돌에는 구름 속을 요동치는 용이 불꽃에 쌓인 여의주를 두고 다투는 모습이 조각되어 있다.

법천사지

1609년 9월. 허균許筠, 1569~1618은 어머니 묘소에 갔다가 남쪽으로 10여 리쯤에 법천사가 있다는 말을 들었다. 새벽밥을 먹고 일찍 길을 나섰다. 고개를 넘어 명봉산 아래 도착하니 난리에 불타고 남은 절터만 덩그러니 보인다. 무너진 주춧돌 사이로 토끼 길이 나 있고, 비석은 동강이 난 채 잡초 사이에 버려져 있었다.

법천리에 삼한 시대의 큰 사찰 법천사가 있었다. 지광국사 984~1070가 법천사로 돌아온 것은 문종 21년인 1067년이었으며 문종 24년인 1070년에 입적했다. 절터에는 11세기 부도탑비의 걸작이라 일컬어지는 지광국사 현묘탑비가 남아 있다. 현묘탑은 화려한 조각으로 정평이 났다.

절터에 이익이 존경하던 학자이며, 정약용이 크게 떠받들던 정시한1625~1707이 살았다. 정시한의 현손인 정범조1723~1801도 법천리에 터를 잡았다. 정시한은 평생 벼슬길에 나아가지 않았다. 26세로 생원시에 합격하고, 33세로 문과에 한 번 응시한 이후 꿈을 접었다. 법천에서 부모를 섬기면서 독서와 자녀 교육에 전념하였다.

서거정, 「법천사에 가려고 자무와 함께 여강을 지나는데, 이어서 상사 권륜, 상사 김명중이 와서 함께 가면서 도중에 짓다」, 『사가집』

지난해 우리 함께 글 읽었던 去歲讀書處
큰 산 또 우리를 불러주었네 巨山又見招
행장 보따리 말 등에 우뚝하고 行裝高馬骨
서책들 소 허리 가득 실었는데 書史滿牛腰
널리 품었도다 천지는 광대하고 納納乾坤蕩
길게 뻗었어라 도로는 요원하네 垂垂道路遙
영웅은 의당 때 만나는 것이니 英雄當會遇
필경에는 우리 기다려줄 걸세 畢竟望吾曹

『장자』는 공명에 얽매이지 않는 것을 해탈이라 했다. 『채근담』
은 "명성을 좋아하는 자는 도의 안으로 숨어들기 때문에 해독이
보이진 않지만 지극히 깊다.[好名者, 竄入於道義之中, 其害隱而深]"라고 했
다. 허균은 만 대에 이름을 전하고 싶어 했다.

허균은 자리를 옮겨 지광국사의 탑비로 향했다. 문장이 심오하
고 필치는 굳세었다. 오래되고 기이한 비를 해가 지는 줄도 모르
고 어루만졌다.

동화사지

세조 6년인 1460년 봄. 26살 김시습의 발길은 여주를 거쳐 원주 땅을 밟는다. 왕위찬탈에 주도적인 역할을 했던 사람들은 요직을 독점하고 정국은 안정되어 갔다. 이러한 세상을 바라보는 것은 고통이다. 구름처럼 떠도는 이유 중의 하나는 끓어오르는 마음을 진정시키기 위함일 것이다. 지팡이 하나에 의지해 전국을 떠돌며 마음을 다독여야만 했다.

문막을 지나다가 북동쪽으로 3km 떨어진 동화2리로 접어들었다. 마을을 통과해 골짜기로 한참 들어서자 벽계수 이종숙의 묘지가 보인다. 조금 더 들어가니 동화마을 수목원이다. 명봉산 자락에 있는 수목원의 옆 계곡에 절이 있었다. 절을 지으면서 '봉황은 오동나무가 아니면 깃들지 않는다.'라는 옛말에 따라 절 이름을 동화사라 하고 절 앞에는 오동나무를 심었다.

수목원을 지나 더 올라가면 주차장이 나온다. 주차장에서 골짜기를 따라 올라가다 계곡을 건너면 절터다.

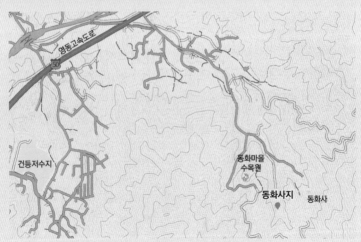

김시습, 「동화사에서 묵으며」, 『매월당집』

동화 마을 산 높아 하늘에 꽂혔는데 桐花之山高插天
동화사 옛 절 구름 위에 떠 있네 桐花古寺浮雲煙
산속 늙은 중 스스로 흥에 겨워 山中老僧自有趣
푸른 산에 솟는 구름 누워서 보네 臥看白雲生翠巓
(중략)
세상의 모든 일 한바탕 봄 꿈 世間萬事屬春夢
내 오대산으로 은자 찾으러 가리 我向五臺尋隱淪
하늘 보며 크게 웃고 호연하게 가니 仰天大笑浩然去
나 같은 이가 어찌 하찮은 사람이랴 我輩豈是蟲臂人

명봉산 깊은 곳에 있는 동화사는 늘 구름이 머물러 구름 위에 떠 있는 듯하다. 동화사 스님은 가치가 전도된 속세의 일을 모르는 듯 구름 속에 누워 구름을 망연히 바라본다. 동화사 스님은 김시습이다. 아니 김시습은 그렇게 되고 싶었을 것이다. 현실에 대한 불만을 씻어내고 구름이 되고 싶었다.

울암사지

섬강 암벽 위에 있던 울암사는 양평군 양동과 가까운 곳이다. 주지인 혜종과 교분을 맺은 이식은 날씨가 좋은 때면 매번 흥에 겨워 찾곤 하였다. 번번이 노래하고 읊으면서 돌아갈 줄을 몰랐다. 이렇게 해서 읊은 시가 30여 편이나 되었다.

울암사 주변의 산과 강을 보지 않은 사람은 이곳의 아름다움을 알지 못한다. 높은 곳에서 흐르는 강을 바라보면 선경이 따로 없다. 이식은 강물을 바라보다 시를 완성했다. "아스라이 천 길 아래 굽어보는 곳, 기대도 볼 만하고 앉아도 볼 만하네. 스님이 게송을 읊을 때마다, 바위 위에 우수수 떨어지는 송홧가루." 게송을 읊는 순간 자연은 하나가 된다.

울암사에서 시작한 오솔길은 강과 연결된다. 완전히 다른 세상이 펼쳐진다. 바위와 소나무는 자연스럽게 어울린 동양화 한 폭이다. 여울 속 솟아오른 바위들은 태산준령의 형상이다. 돌고래가 떼를 지어 헤엄치는 듯하다. 아니 두꺼비 같기도 하다. 섬강이라 이름한 까닭이 여기에 있는 듯하다.

서원주IC

울암사지

광주원주고속도로

서원주나들목

가마골소류지

섬강교

이식, 「울암사에서 운자를 불러 각각 하나씩 얻은 다음 함께 노닌 이들에게 보여 준 시」, 『택당집』

밤 이슥토록 청담淸談 나누다가　夜榻猶談塵
눈 뜨니 어느새 공양하라 목어 소리　晨樓已粥魚
해넘도 저만큼 산 벌써 넘어가고　淸暉度嶺遠
백로 날아간 뒤 강 온통 비었어라　宿鷺起江虛
은자 살기 좋은 계수나무 숲속이요　桂樹幽人宅
스님 집에 어울리는 연꽃이로세　蓮花大士居
외물 집착 버리면 모두 정토인 걸　相忘俱淨域
진여삼매眞如三昧 물어볼 게 뭐 있나　不用問眞如

　　원주시 지정면의 간현은 송강 정철의 발길이 닿은 곳이다. 그는 "섬강은 어듸메오 치악이 여기로다."라며 「관동별곡」 속으로 이곳을 끌어들였다. 간현은 섬강의 푸른 강물과 넓은 백사장, 그리고 우뚝한 바위산이 병풍처럼 에워싸고 있다. 태기산에서 발원한 섬강은 횡성읍을 지나고 문막평야를 만든 뒤 남한강으로 흘러든다. 간현에서 거슬러 올라가면 달내, 곧 월천 강가에 두꺼비 모양을 한 바위가 있는데, 그 모습을 따서 섬강蟾江이라 했다는 설명이 그럴듯하다.

이식, 「울암사에서 운자를 불러 각각 하나씩 얻은 다음 함께 노닌 이들에게 보여 준 시 10수」, 『택당집』

지척에 무릉도원 경치 있건만 咫尺花源境

길 가는 이 도무지 알지 못하네 行人摠不知

조랑말 잠깐 멈춘 깊은 숲속 林深停客騎

스님 한낮에 바둑돌 놓는 소리 日午響僧碁

골짜기 따스해서 얼음장 다 풀리고 暖谷春漸盡

맑게 갠 처마엔 다정스럽게 지지배배 晴簷鳥語宜

이번 유람 그윽하고 맑기 그지 없어 斯遊最淸奧

사흘 밤 묵어도 늦는다 불평 없네 三宿未嫌遲

올해에 들어서만도 벌써 두세 차례나 절을 찾았다. 시를 지어 함께 노닌 이들에게 보여준다. 우리나라 문학사에서 조선 중기 한문 4대가를 가리켜 월상계택月象谿澤이라 한다. 월사 이정구, 상촌 신흠, 계곡 장유, 택당 이식을 말한다. 이 중에서도 이식은 장유와 더불어 당대 최고의 문장을 자랑한다. 이식1584~1647은 광해군 때 인목대비 폐모론이 일어나자 벼슬을 버리고 낙향해 경기도 양동에 택풍당를 짓고 은둔의 삶을 살았다.

이식, 「울암사에서 읊은 열두 노래-호석-」, 『택당집』

물살 깊은 곳엔 표범 같은 바윗돌 灘深石如豹
야트막한 여울엔 호랑이 모양 바위 灘淺石如虎
잔물결 일렁이듯 얼룩덜룩 이끼 같아 輕浪漾苔斑
자라와 악어 겁먹고 건너지 못하네 黿鼉疑不渡

이식은 울암사에 유람 와서 노닐다가 열두 수의 시를 짓는다. 그중 하나가 호석이다. 울암사에서 길을 따라 걸으면 강이 내려다보이는 곳까지 연결된다. 이식이 노래한 호랑이 바위[虎石]는 오랜 세월 이곳을 지켜온 소나무와 함께 앉아 있다. 바위 표면은 얼룩덜룩 호랑이 무늬 같다. 강물에는 호랑이의 위엄에 겁을 먹은 자라와 악어가 이쪽으로 나오지 못하고 있는 형상이다.

상원사

치악산 보은 설화의 내용은 이렇다. 구렁이가 꿩을 감아 죽이려는 것을 보고 선비가 지팡이로 구렁이를 쳐서 꿩을 구했다. 선비를 유인한 구렁이 아내는 자정이 되기 전에 상원사 종을 세 번 울리면 살려주겠다고 했다. 산정까지 올라가 종을 칠 수 없어 포기한 채 죽음을 기다리는데 종이 세 번 울렸다. 먼동이 트고 상원사로 올라가 보니 종루 밑에 꿩과 새끼들이 피투성이가 된 채 죽어 있었다. 꿩이 죽음으로 은혜를 갚았다고 하여 치악산으로 불렀다.

영원산성에서 능선을 타고 오르면 삼거리가 보인다. 오른편으로 가면 남대봉으로 가는 길이다. 남대봉을 지나 계단을 따라 내려간 후 왼편으로 가면 절벽 위에 신라시대에 창건되었다는 상원사가 보인다. 오래된 쌍탑은 역사를 말해준다. 광배의 화려함은 불교예술의 농익은 경지를 보여준다. 절 주위를 에워싼 강인한 바위는 스님들의 용맹정진을 상징한다. 욕망이 들끓는 세상과 절연하고 치악산 꼭대기에 자신을 유폐시킨 스님의 모습은 깎아지른 벽 위에 있는 범종각과 소나무 같다.

유몽인, 「관동기행 2백 운」, 『어우집』

긴 숲은 푸른 언덕 두르고 長林環岸翠
가파른 절벽 푸른 냇물 감쌌네 峭壁繞流蒼
상원사 이름난 사찰이라 하는데 上院稱名刹
가파른 언덕에 높이 터 잡았네 喬基占峻崗
목련은 외딴 시내에 그늘지고 木蓮陰絶磵
바윗길은 대숲에서 나왔네 巖逕出脩篁
만 리 경치 두 눈에 들어오고 萬里來雙膜
천 개 산 평상으로 모이네 千山湊一床

상원사는 치악산 남쪽 남대봉 바로 아래 자리한 사찰이다. 대웅전은 고려 말 나옹스님에 의해 새롭게 지어졌으나 한국전쟁 당시 소실된 것을 중창했다. 상원사의 장관은 동남쪽으로 펼쳐진 산이다. 끝없이 펼쳐져 있어 가슴까지 맑게 씻어준다. 설명할 수 없는 호연지기를 느끼게 된다. 새벽녘 보랏빛 여명을 뚫고 솟아오르는 해돋이가 절경이다. 짙은 운무도 색다른 승경이다. 선계가 따로 없다.

영원사

가리파고개로 가다가 금대계곡으로 방향을 틀었다. 물길을 따라 유원지가 이어지다가 국립공원사무소부터는 다른 세계가 펼쳐진다. 천천히 산책하기에 제격인 넓은 흙길은 영원사에서 끝난다. 왼쪽 길은 영원산성길이다. 산등성이를 타고 등반해야 한다. 오른쪽 길은 남대봉으로 오르는 계곡을 따라 걷는 길이다.

영원산성은 문무왕 때 축성하였으며, 궁예가 이 성을 근거로 하여 부근의 여러 고을을 공략하였다는 사실이 『삼국사기』에 기록되어 있다. 1291년충렬왕 17에 원나라가 침입하였을 때 원충갑이 항전하여 적을 무찔렀던 곳이다. 1592년선조 25에 왜적이 원주로 침입하자, 원주 목사 김제갑이 고을 사람들과 함께 항전하던 곳이다.

신라 의상대사가 지었다는 영원사는 영원산성의 수호 사찰로 대웅전과 삼성각, 요사채 등이 참혹한 역사를 뚫고 치악산 남쪽을 지키고 있다.

이민서, 「영원사」, 『서하집』

황량한 작은 절 중은 두세 명　小寺荒涼僧兩三
단풍나무 녹나무 온 산 가을빛　滿山秋色雜楓枏
봉우리 도니 얼마나 깊은지 모르고　峯回不復知深淺
지경이 컴컴하니 누가 남북 분별하랴　境黑誰能辨北南
고요한 경계라 절로 도성道性 생기니　淨界自然生道性
맑은 밤에 반갑게 선담禪談 접한다오　淸宵仍喜接禪談
누 앞에 홀로 앉아 한가로이 취하니　樓前獨坐閑成醉
밝은 달 무심히 옛 못을 비추누나　白月無心照古潭

금대분소에서 영원사까지 이어지는 길은 자그마한 폭포도 있
고, 작은 소는 맑은 하늘을 머금고 있다. 화려하지 않지만 수수한
자연미가 뛰어난 계곡이다.

영원사는 금대계곡 깊숙한 곳에 있어 오랫동안 버려졌었다. 여
러 스님이 부임했지만 얼마 못 있고 떠날 정도로 궁벽했다. 협소
한 공간에 중건된 절은 수수하기 그지없다. 영원산성길을 등반하
고 상원사에 들러 목을 축일 수도 있다. 계곡을 따라 중대봉까지
갔다가 상원사의 보은 설화를 들을 수도 있다.

구룡사

매표소를 통과하자마자 황장금표를 확인했다. 황장목의 보호를 위하여 벌목을 금지하는 표시이다. 황장목은 나무 안쪽 색깔이 누렇고 몸이 단단한 질이 좋은 소나무를 말한다. 전국에서 명성을 떨치던 것이 치악산의 황장목이었다. 구룡사 입구를 지키고 있는 늠름한 소나무는 황장목의 후예다.

구룡사는 신라 문무왕 8년668에 의상대사가 창건했다. 지금의 대웅전 터에는 용 아홉 마리가 사는 큰 연못이 있었는데, 연못을 메워 절을 짓고 구룡사라고 불렀다. 조선 시대에 들어와 사찰이 쇠퇴해 문을 닫을 지경에 이르렀다. 절 입구의 거북바위 혈맥을 다시 잇고 거북을 뜻하는 '구龜'자를 써서 구룡사龜龍寺로 바꾸었다.

사천왕문을 통과해 보광루에 오르니 맞은편 천지봉이 한눈에 들어온다. 연못을 메워 절을 지을 때, 아홉 마리중 여덟 마리 용은 도망쳤다. 용들이 도망친 앞산을 천지봉이라고 한다. 한 마리가 미처 도망치지 못하고 숨은 곳이 구룡소다.

안석경, 「백련당에서 자면서 취한에게 보여 주다」, 『삽교집』

하룻밤 자도 속세 어수선함 멀게 하니 一宿猶宜遠世紛
백련당 높은 누각 맑아 삿된 기운 없네 白蓮高閣淨無氛
산초 등불 초롱초롱 밝게 비추는데 椒燈炯炯有餘照
삽추술에 훈훈하여 반쯤 취해 기대네 朮酒溫溫倚半醺
밤에 누워 물소리 황새 소리 듣고 臥聽水聲兼夜鸛
일어나 산 보니 아침 구름 둘렸네 起看山色帶朝雲
언제나 평상에 앉아 한가한 노인과 何時穿榻隣閒老
천주봉 앞에서 옛글 읽을 수 있을까 天柱峰前讀古文

　백련당에서 하룻밤을 보낸 안석경은 어떤 마음이었을까? 몇 번의 실패를 경험한 그는 다시 과거 공부를 위해 산을 찾는다. 기대와 두려움이 교차했을 그는, 아마도 밤늦도록 잠을 이루지 못했던 것 같다. 술 한 잔에 불콰하여 바로 잠을 이룰 법도 하건만, 더욱 또렷이 들리는 계곡물 소리와 새소리는 기약하기 힘든 미래에 대한 불안 때문이었을 것이다. 차라리 틀에 박힌 과거 공부를 그만두고 자신이 좋아하는 시 공부만 하고 싶었을 것이다.

대승암터

안석경이 치악산과 인연을 맺은 해는 1746년이다. 대승암을 거쳐 치악산 정상 비로봉에 오른다. 대승암에 오랫동안 머무르지 못한 것을 아쉬워하며 「유치악대승암기」에 기록하였다.

병인년1746 봄, 나는 구룡사와 대승암을 유람하고 마침내 비로봉에 올랐다. 온 나라의 산 중 오대산과 태백산, 소백산에 가려지지 않은 것은 다 볼 수가 있었다. 다만 급하게 돌아와야 하였기에 대승암에 오래 머물 수가 없었던 것이 한스러웠다.

다시 치악산을 찾았을 때는 대승암에서 10일 동안 독서를 하게 된다. 아마도 과거 공부가 주된 것이었을 것이다. 27살인 1744년 과거에 응시했으나 떨어졌다. 이듬해에 또 과거에 응시했으나 낙방하였다. 1749년에 과거에 응시했으나 실패하고, 1751년에도 다음을 기약해야 했다. 35세인 1752년 여름에 치악산 대승암에서 공부하였고, 그 해에 과거에 응시하였다. 젊은 시절을 과거 공부하면서 보냈다. 대승암은 안석경의 미래에 대한 불안과 고뇌가 서린 곳이다. 치열하게 공부하던 곳이다.

구룡사

소초면

세렴폭포

대승암터

안석경, 「유치악대승암기」, 『삽교집』

산이 깊고 험한데 암자는 높고 고요하여 옛 책을 읽기에 적당하다. 내가 만약 항상 거처할 곳을 얻는다면 10년이라도 마다하지 않을 것이지만, 장차 열흘이 되지 않아서 떠나야 한다. 산을 올려다보고 골짜기를 내려 보니, 화창한 봄날의 사물들이 모두 유유자득悠悠自得하다. 내 어찌 깊이 사랑하여 돌아보며 서글퍼 하지 않을 수 있겠는가? 임신년1752 4월 4일 대승암에서 쓰다.

암자 앞에 거북이처럼 바위가 엎드려 있다. 거북바위에 돌탑이 정성스레 쌓여있다. 절터엔 주춧돌로 추정되는 돌들이 여기저기 보인다. 깨진 그릇 조각들이 흩어져 있다. 옆엔 우물터가 보인다. 우엉은 아직도 무성하게 자란다. 절에 딸린 채마밭이었을까? 거북바위 앞은 벼랑이고, 주변 산들이 좌우로 둘러싸고 있으며 동북쪽으로 천지봉이 보인다.

봉복사

신대리 버스 종점에 도착하면 길이 두 갈래로 나뉜다. 신대교를 건너면 우리 마을 쉼터고, 뒤쪽 밭 가운데에 석탑이 섰다. 자장율사가 봉복사를 창건하면서 건립하였다고 하는데, 그때는 선덕여왕 16년이다. 봉복사의 원래 위치는 이곳이었다.

일제 강점기 당시 봉복사는 횡성지역 의병부대의 주둔지 역할을 했다. 밖에서 봤을 때 골짜기가 많아 찾기 힘들고, 골짜기가 깊어 숨기에 적합했다. 민긍호의 의병부대가 근거지로 삼았다. 이를 거점으로 주요 의병장들이 연합하여 제천, 충주 등지로 활동이 확산됐다. 의병운동이 의병 전쟁으로 발전하는 발판을 마련한 중요한 곳이 이곳이다.

중창 설화가 전해온다. 절이 화재로 소실되자, 원효 스님이 중창하려고 재목을 마련해 마당에 쌓아두었다. 불사가 시작되기 전날, 덕고산 산신령이 꿈에 나타나 "사찰의 자리가 이곳이 아니다."라고 일렀다. 스님이 꿈에서 깨어보니 산더미 같던 나무들은 현재 자리에 옮겨져 있었고, 이곳에 중창했다고 한다. 한때 승려가 100명을 넘었으며 낙수대·천진암·반야암·해운암 등 암자만 9개나 될 정도로 큰 절이었다.

안석경, 「봉복사에서 천하 지도를 베끼려 할 때 느낌이 있어 읊조리다」, 『삽교집』

봉복산 산속 여름밤 길기만 한데　鳳腹山中夏夜長
한 줄기 시냇물 소리 어디로 달리나　溪聲一道走何方
임금 배는 바다 머물며 소식 없는데　龍舟落海無消息
오랑캐 천막 하늘 이어져 주장하네　氈幕連天尙主張
중원의 영웅 중 누가 떨쳐 일어날까　五岳英雄誰奮發
우리나라 의로운 이 어둠 속 스러지네　三韓義烈暗凋傷
새벽녘 잠자는 스님 깨워 이야기하고　向晨蹶起眠僧語
지도에 글 적자 한낮으로 달리네　且筆輿圖趁日光

봉복사가 보관하고 있는 천하 지도를 베끼다가 안석경은 울분을 터뜨린다. 그가 처한 시기는 조선의 유학자들이 오랑캐라 적대시한 청나라가 중원을 차지하고 있었다. 춘추대의가 대세였던 그 시기에 안석경은 명나라의 회복을 기원하며 영웅의 출현을 갈망하였다. 그의 생각은 자주 의식과 자연스럽게 연결된다. 북평사로 가는 박성원에게 준 시에서 또렷하게 읽을 수 있다. "조선을 선 그어 조그마한 동쪽이라고 말하지 말라. 북으로 오랑캐 땅과 접해 있어 끝없이 펼쳐진다네. 태양을 품은 백두산 천 봉우리에 눈 내리고, 하늘에 떠 있는 동해 만 리에 바람이 부네."

각림사지

강림우체국 옆에 '각림사 옛터' 표지석과 안내판이 설치되어 있다. 밭고랑을 자세히 보니 기와 조각이 여기저기에 흩어졌다. 축대 틈에도 기와 조각이 보인다. 기와와 전설만이 각림사의 역사를 알려준다.

각림사가 문헌에 등장하는 시기는 조선 전기다. 태종이 즉위하기 전에 절에 묵으면서, 원천석에게 자문하고 깨우침이 자못 많았다고 한다. 태종은 즉위한 뒤 절을 각별하게 돌보았다. 1410년태종 10 12월에는 석초를 주지로 임명하고 향을 하사하였으며, 1414년에는 직접 절을 찾기도 했다. 1417년 3월에는 태종이 행차하였으며, 9월에는 낙성법회를 열자 『화엄경』을 보내어 봉안하도록 하였다.

『동국여지지』는 각림사에 대해 이렇게 설명한다. "치악산의 동쪽에 있다. 우리 태조가 왕위에 오르기 전에 여기서 글을 읽었다. 뒤에 횡성에서 사냥할 때, 임금의 수레를 이 절에 멈추고 노인들을 불러다 위로하였다. 절에 토지와 노비를 하사하고 고을의 관원에게 명령하여 조세·부역 따위를 면제하여 구휼하게 하였다."

강림중학교

주천강

정암교

강림천

각림사지

강림우체국

강림교

김시습, 「각림사에서 머물다」, 『매월당시집』

각림사는 전부터 오래된 절 覺林自是古招提
소나무 그늘 속 누각 솟았네 松檜陰中聳樓閣
우뚝한 종각 종을 높이 달았고 玉筍巍峨插高鍾
발은 좌륵좌륵 창에서 흔들리네 珠簾淅瀝搖雲窓
대장부 죽지 않고 유람 좋아하니 丈夫未死愛遠遊
어찌 고목같이 꼿꼿하게 있으리 豈肯兀坐如枯椿
평생 좋은 경치 다 보려고 하니 且窮勝景作平生
높은 기상 어디서 내려왔겠는가 其氣崒律何由降

치악산을 넘은 김시습은 각림사에서 여장을 푼다. 절 주변에는 소나무가 늠름하였다. 태종의 후원을 받아 건물은 많아지고 높아졌다. 종각도 규모가 컸을 것이다. 김시습이 머물던 선방의 창엔 발이 달려 있었고 때마침 불어오는 바람에 시원한 소리를 낸다. 소나무 사이에 우뚝하던 절은 임진왜란 때 소실된 뒤 중건되지 못한 것 같다. 이기1522~1600는 『송와잡설』에서 절이 허물어진 지 몇 해인지 모르나 탑은 지금도 우뚝하게 남아 있다고 기록한다.

변계량, 「각림사」, 『춘정집』

치악산 이름 해동에 떨쳤는데 雉岳爲山名海東
산중 사찰로 각림사 최고라네 山之寶刹覺林最
구름은 계곡에 오래도록 잠기고 雲烟巖壑幾千年
지령은 천룡의 모임을 호위했지 地靈擁衛天龍會

변계량이 반한 각림사의 매력은 무엇이었을까? 꽃은 피고 지지만 계곡의 구름과 안개는 늘 그 자리를 지키고 있다. 계곡의 물은 소리 내며 흘러 가지만 묵묵히 제자리를 지키고 있다. 꽃이 피었다 지고, 물이 흘러가며 일년내내 변화가 일어난다. 변하지 않는 것은 구름 속에 있는 각림사 뿐이다.

변계량은 정도전과 권근의 뒤를 이어 조선초 문학을 좌우했다. 20년 동안이나 대제학을 맡고 성균관을 장악하면서 외교문서를 쓰거나 문학의 규범을 마련했다.

변계량, 「각림사 정문에 대장경을 안치하기 위한 연화문」, 『춘정집』

치악산이 해동에 유명한데 雉岳爲山名海東
산중 보찰로 각림사 최고이니 山之寶刹覺林最
구름 계곡에 서린 지 몇천 년이던가 雲煙品壑幾千年
지령이 옹위하고 천룡이 모였어라 地靈擁衛天龍會
지존께서 옛날 여기서 배웠으니 至尊昔日此遊學
복된 땅임이 더욱 분명하여 其爲福地尤昭晰
중건을 명하니 금방 이루어져 乃命重營不日成
높디높은 산골짝 단청 빛났어라 峩峩澗谷輝金碧
(생략)

변계량은 「원주 각림사 중건을 축하하는 법화 법석의 소」도 짓는다. "각림정사는 일찍이 임금님이 들르셨던 곳이고, 법화진전 法華眞詮은 부처님이 말씀한 가르침입니다. 그러므로 보배의 땅에 좋은 자리를 펴야 할 것입니다. 삼가 생각건대, 특별히 성은을 입어 유명한 이 사찰에 머무르셨으므로, 낡은 것을 개조하고 훼손된 곳을 보수하고자 호응하는 사람들에게 성금을 받았습니다."

법흥사지

법흥사는 횡성읍 남쪽에 있는 덕고산 자락에 있었다. 송호대학이 들어서기 전에 석축이 여기저기에 보일 정도였다. 수령이 몇백 년 되는 은행나무도 절의 흔적이었다. 절 입구에 부도 5기가 있을 정도로 역사가 있는 절이었다. 절이 있던 자리에 대학교가 들어섰으니 더 흥성하게 된 것일까.

송호대학 정문에서 오른쪽 골짜기로 올라가면 법흥사 유물인 부도를 볼 수 있다. 법흥사 이웃 골짜기에 불당과 요사채를 지으면서 절을 다시 세웠다. 1934년 당시 남산사였다. 1961년에 보광사로 바꾸고, 심검당을 건립하면서 지금에 이르고 있다. 절 입구를 지키고 있는 부도의 글자는 희미하여 판독할 수 없다.

『신증동국여지승람』은 법흥사가 남산에 있다고 알려준다. 신경준이 편찬한 『가람고』와 1799년에 나온 『범우고』에는 남산사라는 이름으로 기록되어 있는데, 법흥사가 이름을 바꾼 것 같다. 조선 말기에 도둑이 들끓어 폐찰됐다는 말이 전해진다.

안석경, 「남산 법흥사에서 느낌이 있어 쓰다」, 『삽교집』

떠난 것은 흰 구름 뜻 一去白雲意

다시 온 건 나그네 정 重來遊子情

노승 있는 절 가을날 조용한데 老僧秋寺靜

단풍은 저문 산에 빛나는구나 紅樹暮山明

적막함 오랜 세월에도 드무니 寥濶希千古

머뭇대다 평생 그르쳤네 因循誤平生

가련하다 책 읽는 곳에서 可憐讀書處

콸콸 계곡물 소리 들리네 決決澗流聲

안석경은 홍천 현감으로 부임하는 부친을 따라 홍천으로 향했다. 23세 되던 1740년엔, 생활의 근거지를 원주 홍원으로 옮겼다. 말년엔 횡성 삽교에서 은거하였다. 나이 48세에 덕고산 산신에게 알리는 글을 짓는데 법흥사가 의지한 산도 덕고산이다. 안석경은 은거 후 『삽교만록』 저술 등 작품활동을 게을리하지 않으며, 후학도 가르쳤다. 언제 법흥사에 들렀는지 알 수 없다. 홍천과 원주, 삽교를 오고 가던 중에 들렀던 것은 아닐까?

정암사

　자장율사가 말년에 수다사에 머물 때였다. 하루는 꿈에 스님이 나타나 내일 대송정에서 보자고 하였다. 아침에 대송정에 가니 다시 태백산 갈반지에서 만나자며 사라졌다. 자장율사는 구렁이가 똬리를 틀고 있는 것을 보고 갈반지임을 알아차렸다. 이곳에 석남원을 창건하니, 이 절이 정암사이다. 『삼국유사』에 실려있는 정암사가 지어지게 된 내력이다.

　범종각을 지나 오른쪽으로 극락교를 건너자 주목이 한 그루 서 있다. 자장율사가 사용하던 지팡이라 한다. 줄기는 죽었지만, 그 틈에서 나온 가지들은 뻗어 무성히 자란다. 옆은 적멸궁이다. 수마노탑에 석가모니의 진신사리를 봉안하고 참배하기 위해 세운 법당이다.

　자장율사가 절을 세우고 탑을 쌓을 때였다. 세우면 쓰러지고 다시 세우면 또 쓰러졌다. 백일기도에 들었더니 기도가 끝나는 날 눈 덮인 위로 칡 세 줄기가 뻗어 나왔다. 하나는 지금의 수마노탑 자리에, 또 하나는 적멸보궁 자리와 법당 자리에 멈추어 그 자리에 탑을 세울 수 있었다. 속칭 갈래사라 부른 까닭이다.

이식, 「정암사」, 『택당집』

산길로 온 지 이미 닷새째 山行已五日
뛰어난 경치 많이도 봤네 觸目多勝絶
뜻밖에도 길옆 산속에 不謂路傍山
높디높은 곳 절이 있네 蓮宮在嶄嶪
단애 위 암자 올라가니 躋攀上崖广
처마 사이 봉우리 줄짓고 萬峯簷間列
붉은 구름 지는 해 가리자 紅雲翳落日
고운 색깔 한순간에 명멸하네 奇彩候明滅

예전엔 닷새나 걸릴 정도로 첩첩산중이었다. 만항재로 가는 길 옆에 있는 정암사 주변의 묘사가 진경산수화 같다. 정암사鼎巖寺 라 기록한 것이 이채롭다.

1778년경에 호가 화암畵岩인 사람이 정선지방 8경과 여기에 18 폭을 더해 두 개의 화첩을 꾸몄다. 거기에 「갈천산정암葛川山淨菴」 이 화제시로 실려있다. "갈천사를 찾기 위해, 마침내 태백산에 들어서니, 세상은 멀어 안개 자욱하고, 숲은 깊어 해와 달이 한가롭네." 꾸준히 정암사에 대한 시가 지어졌음을 알 수 있다.

오횡묵, 「정암사」, 『총쇄』

수마노탑 누가 만들었나 曼瑚寶塔是誰能
부처께 기도하는 스님 한 분 佛寶供香只一僧
오래된 정암사 바위도 오래 淨寺千年巖亦老
자욱한 안개 노을이 보호하네 蒼烟晚靄護層層

　태백산 깊은 산속에 절이 있어서 속인의 발길이 좀처럼 닿지 않
았다. 정선 땅이라 정선 현감이 방문할 뿐이었다.
　김신겸 1693~1738의 시는 그래서 소중하다. 그는 「정암」에서
"수마노탑 노을 속으로 들어가니, 우뚝 솟아오른 걸 우러러보네.
아래에는 마른 나무 한 그루, 생사의 끝을 알 수가 없구나."라고
노래했다.

오횡묵, 「마류보탑」, 『총쇄』

귀신이 조각한 듯 조화의 공력 鬼刻神刓造化功

우뚝한 탑 구름 속 들어갔네 嵯峨一塔入雲中

천 년 동안 비 내려 씻기우고 千年淨洗諸天雨

만 겁 바람 불어도 닳지 않네 萬劫難磨法界風

연석燕石 아름답다 비교한 게 부끄럽고 燕石縱文羞與比

무부碔砆는 무질이어도 동참할 수 있네 球玞無質可參同

억지로 마노瑪瑠라 하고 지금까지 있으니 強名瑪瑠今猶古

누가 불가의 오묘한 공空 알 수 있으랴 誰識桑門妙解空

자장율사가 당나라에서 돌아올 때 가지고 온 마노석으로 만든 탑이라 하여 마노탑이라고 한다. 마노 앞의 수水 자는 자장의 불심에 감화된 서해 용왕이 동해 울진포를 지나 이곳까지 무사히 실어다 주었기에 '물길을 따라온 돌'이라 하여 덧붙여진 것이다. 연석은 연산에서 나오는 돌이고, 무부는 붉은 바탕에 흰 무늬가 있는 돌이다.

적조암

횅한 언덕길 옆 적조암 주차장에 내렸다. 길 건너 등산로 초입에 적조암이 동학 유허지임을 알리는 안내판이 보인다. 적조암은 자장율사가 머물다가 입적한 암자다. 입적과 관련한 이야기가 『삼국유사』에 전한다. 자장율사가 석남원에서 수행하고 있었다. 남루한 도포를 입고 칡으로 만든 삼태기에 죽은 강아지를 담고 온 늙은 거사가 찾아왔으나 문수보살임을 알지 못했다. "아상我相을 가진 자가 어찌 나를 알아보겠는가."라고 말하고 떠나자 뒤늦게 알아채고 쫓아갔으나 벌써 멀리 사라져 도저히 따를 수 없었다. 큰 스님이라도 나를 중심으로 한 생각인 아상을 갖고 있으면 부처님을 보기 어렵다는 깨우침을 준다.

1872년 해월신사 최제우가 적조암을 찾아 수련을 하였다. 적조암은 이후에도 동학 교단 지도부의 수련 장소로 활용되었다. 자장율사 순례길은 정암사에서 적조암터를 거쳐 만항마을까지 이어진다.

최제우, 「적조암에서 기도를 마치고」

태백 산중에 들어 49일 기도를 드리니 太白山工四十九

여덟 봉황 주어 각기 주인 정해 주셨네 受我鳳八各主定

천의봉 위 핀 눈꽃 하늘로 이어지고 天宜峰上開花天

오늘 마음 닦아 오현금 울리는구나 今日琢磨五絃琴

적멸궁에 들어 세상 티끌 털어 내니 寂滅宮殿脫塵世

49일 간 기도 뜻있게 마치었구나 善終祈禱七七期

1872년 10월 15일에 해월신사 최제우가 적조암을 찾았다. 49일 기도를 시작하여 12월 5일에 마쳤다. 사방이 온통 눈꽃으로 덮여 장관을 이루었다. 매서운 실바람은 청아한 음악 소리를 내고 있었다. 이 광경을 보고 감회를 시로 나타냈다. 천의봉은 함백산 북쪽, 금대봉 남쪽에 있다. 천의봉과 함백산 사이에 정암사 적멸보궁이 자리한다. 적조암은 함백산 줄기에 터를 잡았다. 태백시 방면으로 본적사와 심적사, 묘적사, 은적사 등 4개의 큰 절이 있어 스님들의 발길이 끊이지 않았다고 한다.

법흥사

신라 말에 선풍이 크게 일어나면서 기성 사상체계에 의존하지 않고 개인이 사색하여 진리를 깨달을 것을 권유했다. 아홉 종파가 전국의 명산에 사찰을 세웠는데 절충826~900은 사자산 흥녕사에 머물며 제자를 양성했다.

절충의 시호는 징효다. 경내에 부도와 징효대사의 행적을 기리기 위해 비를 세웠다. 거북 모양의 받침돌 위에 비 몸을 올리고, 그 위에 용머리가 조각된 머릿돌을 얹었다. 받침돌의 거북 머리는 용의 머리에 가깝고, 입에는 여의주를 물었다. 비문에는 대사의 출생에서부터 입적할 때까지의 행적을 실었다. 이 비는 고려 혜종 원년944에 세워진 비로, 글은 최언위가 짓고 최윤이 글씨를 썼다.

사자산 연화봉과 연결된 능선은 벌의 허리 모양을 이루다 적멸보궁을 앞에 두고 다시 절벽을 이룬다. 범접할 수 없는 형세다. 적멸보궁이 터전을 잡은 곳부터 능선이 완만해지는 곳에 법흥사가 자리 잡았다. 적멸보궁 뒤편의 토굴은 자장율사가 수도하던 곳이다. 주위에 가시덤불을 두르고 정진하였다는 이야기가 전해진다. 깨달음을 얻기 위한 노력이 상상을 초월한다.

최언위, 「영월 흥녕사 징효대사 보인탑비문」 중에서

대각의 대승법이여! 묘도妙道를 열어주고,
능인能仁의 비밀법祕密法이여! 중생을 인도하네.
진위를 분간함이여! 시대를 깨우쳤고
범부가 곧 성인이여! 모두가 부처로다.

법흥사를 찾아 길을 나선다. 계곡은 끊임없이 이어진다. 동자가
되어 본성을 찾는 것을 소를 찾는 것에 비유한 선의 수행단계처럼
느껴진다. 소를 찾는 심우尋牛, 소 발자국을 발견한 견적見跡, 소를
발견한 견우見牛, 소를 붙잡은 득우得牛, 소를 길들이는 목우牧牛, 소
를 타고 고향으로 돌아오는 기우귀가騎牛歸家, 돌아와 보니 소는 없
고 자기만 남아있는 망우존인忘牛存人, 자신도 잊어버린 상태인 인
우구망人牛俱忘, 근원으로 되돌아가는 반본환원返本還源, 포대를 메
고 사람들이 많은 곳으로 가는 입전수수入廛垂手로 묘사된다.

금몽암

인적이 뜸한 숲길은 산책하기에 적당하다. 길 끝에 만나는 별장 같은 건물이 금몽암이다. 생경하게 보이지만 그래서 특별하다.

단종이 영월로 유배를 와서 관풍헌에서 마지막 해를 보내던 1457년 어느 날, 이곳까지 와보고서 깜짝 놀랐다. 궁궐에 있을 때 꿈속에서 본 절과 같은 것이 아닌가. '궁궐에서 꿈꾸었던 암자'란 뜻에서 금몽암禁夢庵이란 이름을 갖게 되었다.

임진왜란 때 훼손되었으나 1610년에 영월군수 김택룡이 열다섯 칸짜리로 보수하고 노릉암으로 고쳤다. 단종의 묘와 사당을 지키게 하고 나무하고 소 먹이는 것을 금하게 하였다. 1662년에 영월군수 윤순거가 다시 중수하고 지덕암으로 고쳤다. 1698년에 단종이 복위되고 보덕사가 원당이 되자 폐사되었다가, 1745년에 나삼이 옛터에 암자를 다시 세우고 금몽암이라 하였다.

이상수, 「금몽암」, 『어당집』

탄식하나니 성스러운 선왕은 嘆息先王聖
어찌 이곳을 꿈꾸셨나 如何夢此山
청성靑城은 세상 밖 아니고 靑城非世外
화서華胥는 어찌 인간세상이랴 華胥豈人間
깊은 가을 멀리 나그네 이르니 遠客秋深到
저물녘 외로운 스님 돌아오네 孤僧日暮還
소쩍새 울었다 쉬다 반복하며 杜鵑啼歇否
단풍잎 모두 알록달록하네 楓葉盡成斑

만추에 금몽암을 찾았다. 금몽암으로 가는 숲길은 단풍잎으로 붉게 물들었다. 마치 두견새의 목에서 나온 피가 묻은 것 같다. 때마침 두견새는 단종의 넋인 양 계속 운다. 그길로 스님은 탁발하러 나갔다가 늦게서야 돌아왔다. 송나라 휘종과 흠종이 금나라에게 포로가 되어 잡혀간 곳이 청성이다. 화서는 황제가 낮잠을 자다가 꿈속에서 보았다는 이상 국가의 이름이다.

보덕사

일주문을 들어서면 좌우로 수백 년 된 느티나무가 늘어섰다. 600년 이상 된 것부터 연못 주변으로 450년 이상 되는 나무가 여기저기 늠름하다. 느티나무는 단종의 역사를 이야기해 준다.

600살 나무는 단종이 노산군으로 강등되었다가 근처에 묻히자 사찰의 이름을 노릉사로 바꾸었다고 말해준다. 김신겸은 단종의 능인 노릉을 중들이 여막을 짓고 지켰는데 소나무와 잣나무가 지금까지도 남아있다고 기록하였다. 뒤에 복위된 뒤에 장릉으로 바뀌었고, 1705년에 장릉의 원찰이 되었다. 1726년에 장릉의 조포사가 되어 제향할 때 두부를 만드는 일과 제관을 응접하는 일을 전담하게 되었다고 450살 된 나무는 들려준다.

보덕사를 나가기 전에 해우소에 들러야 한다. 근심을 풀거나 해결한다는 뜻이지만, 슬픔과 한도 다 잊으라는 뜻으로 보인다. 몸속의 노폐물이 배출되듯이 슬픔과 한도 보내야 한다. 1882년고종 19에 지어졌다. 오래된 건물임에도 원형이 잘 유지되고 있다.

홍직필, 「보덕사 선루에서 현판 위의 시에 차운하다」, 『매산집』

차가운 구름과 노을빛에 시름겨운데 冷雲殘照使人愁
소나무 측백나무 울창하여 늦가을 견디네 松栢蕭森耐九秋
늙은 승려 삼라만상에 보답할 줄 아니 老宿能知塵刹報
오랫동안 종과 풍경 왕릉을 보호하네 百年鍾磬護珠丘

　보덕사라 이름한 것은 장릉을 에워싸 호위하기 때문이라며 홍
직필은 보덕사에서 시를 짓는다. 마침 절에는 93세 된 스님이 있
었는데, 단종이 왕위를 내어놓을 때의 일을 말하면서 슬픔을 견
디지 못하고 눈물을 흘렸다.
　극락보전 현판은 해강 김규진1868~1933의 글씨다. 극락보전 옆
에 자리한 석종형 승탑은 1820년에 조성된 것으로 주인은 화엄대
강사 설허당대선사이다.

흥교사지

궁예는 세달사로 가서 머리를 깎고 중이 되어 스스로 선종이라고 불렀다. 『삼국사기』에 궁예가 세달사로 갔는데 지금의 흥교사가 있는 곳이라는 기록이 보인다. 궁예가 혁명을 꿈꾸던 곳이 세달사였다.

『삼국유사』도 같은 정보를 알려준다. 세달사에 딸린 말사가 내리군에 있었는데, 내리군은 본래 내성군으로 지금의 영월이라고 기록하고 있다. 조선시대에 들어와 『신증동국여지승람』은 태화산 서쪽에 고려시대의 대사찰인 흥교사가 있었다고 확인해 준다.

흥월2리에 가면 궁예가 마셨다는 세달샘터가 있다. 마을 입구에 굴피나무 껍질로 지붕을 이은 샘터는 흥교사지와 연결된다. 흥교사지는 흥월리 흥교 분교장 자리였다. 운동장에서 석가여래 입상과 영월지역에서 흔히 볼 수 없는 기와 등이 발견되었으며, 마을 곳곳에서 고려청자와 석탑 파편들이 발견되었다.

절이 궁벽한 산속에 있을 것 같지 않았다. 고개를 넘자마자 남쪽으로 펼쳐진 산을 보며 '아' 소리가 나왔다. 남쪽을 바라보며 궁예가 혁명을 생각할 수 있을 땅이었다.

흥월리

흥교사지

흥교
태화산농장

윤순거, 「태화산 흥교사를 방문하다」, 『동토집』

영월군 동남쪽에 있는 태화산 太華山在郡東南
한가롭게 푸른 산 기운 바라보네 拄笏長時看翠嵐
들으니 이곳에 좋은 경관 있다고 聞說這中饒勝賞
짬을 내어 반나절 수레에 올랐네 偸閑半日試輕籃

언덕의 곡식 찬 안개에 잠겼는데 一丘禾黍冷煙沈
수많은 누대 어디서 찾을까 多少樓臺何處尋
부러진 비석 이끼만 끼어서 惟有斷碑苔蘚合
노을에 말없이 태화산에 누워 있네 夕陽無語臥山陰

홍교사에 고려 인종의 아들인 충희의 비석이 있었다. 윤순거가 방문했을 당시에 벌써 비석은 파손된 상태였다. 이끼를 떼어내고 일부분을 읽어본다. "보문각학사 최선은 임금의 뜻을 받들어 글을 쓴다. 글에 옛날 태사공이 이미 공자를 위하여 세가를 짓고 또 70제자의 사적을 기술하여 열전에 편찬한 뒤에 이름난 산에 감춰 두었다. 그런 까닭에 국사의 문인 2백 21명의 이름을 모두 왼편에 쓴다."라고 적혀 있었다. 사세와 따르는 신도들이 대단하였음을 알려준다.

요선암터

요선암에 가면 풍경에 빠지게 된다. 고단함과 무료함을 잊는다. 별유천지비인간別有天地非人間이다. 경치가 빼어나서 인간 세상이 아닌 것 같다.

화강암이 둥글게 움푹 파인 모양을 돌개구멍이라 부른다. 암석의 갈라지거나 오목한 틈으로 모래와 자갈이 들어가 소용돌이치는 물살로 인하여 회전운동을 하면서 주변의 암반을 깎아 내린 것이다. 바가지만 한 작은 구멍, 욕조만 한 널찍한 구멍이 곳곳에 패어 있다. 파도처럼 너울너울 곡선을 그리기도 하고, 거대한 이무기가 지나간 듯 굵은 원통형의 모습도 보인다. 모두 곡선이다. 편안함을 느끼게 하는 곡선의 미학이 이 일대를 빼곡하게 채워놓았다.

요선암에서 요선정으로 가는 길은 소나무가 울창한 숲이다. 숙종의 어제시는 주천면 청허루에 걸려 있었는데 화재로 소실되었다. 숙종에 이어 즉위한 영조가 숙종의 어제시를 다시 쓴 뒤 편액을 내렸다. 요선정 안에 영조가 쓴 숙종의 어제시와 정조의 어제시 편액이 같이 걸려 있다.

정자가 있던 곳에 암자가 있었다. 오도일의 시에 스님이 손님을 맞이한다. 마애불과 석탑이 흔적이다.

오도일, 「주천요선암」, 『서파집』

계곡에 안개 걷히자 골짜기 해는 높고 洞霧初收峽日高
절은 텅 빈 수풀 언덕에 홀로 있네 招提孤絶倚林皐
말에서 잠시 안장 풀며 지팡이 잡고 郵蹄暫卸楮筇杖
스님은 합장하고 관리를 맞이하네 僧手齊叉迓節旄
섬계剡溪의 웅덩이 푸른 옥 펼친 듯 剡曲一泓鋪碧玉
무릉武陵의 나무는 홍도 심은 듯 武陵千樹種紅桃
봄이 왔으나 아직 산은 더욱 추워 春來尙恨山寒重
흐르는 물에 꽃 비단처럼 파도치지 않네 不許流花錦作濤

*진나라 왕휘지가 눈 내린 밤에 친구 대규(戴逵)가 갑자기 보고 싶어서 산음
에서 배를 저어 섬계(剡溪)의 그 집 앞까지 갔다가 돌아왔다는 고사가 있다.

정자 앞에 고려시대 것으로 추정하는 마애석불과 작은 석탑이
서 있다. 조선 중기에 암자가 있었던 것 같다. 스님은 매일 석불
을 보며 불공을 드렸을 것이다. 암자는 사라지고 소박하고 온화
한 석불과 석탑만 남았다. 마애불 뒤편은 깎아지른 듯한 절벽 아
래로 주천강의 물줄기가 시원하다. 시원하다 못해 찌릿찌릿하다.
푸른 산줄기는 겹겹이 이어진다. 절벽 끝자락에는 소나무가 주천
강의 풍경을 독차지한다.

망경사

당골광장에서 태백산에 오르기 시작했다. 입구에 석장승이 우뚝하다. 이곳부터 신성한 공간임을 알려준다. 단군성전과 태백산 정상에 있는 천제단을 수호한다.

반재까지는 암석과 시원한 계곡물이 원시의 숲을 만들었다면 반재부터는 순한 능선이다. 고도를 높일수록 주변의 산세가 모습을 드러낸다. 만경사에 이르자 문수봉이 마주섰다. 태백시는 개미집처럼 보인다. 망경사 한쪽에 하늘 아래 첫 샘물인 용정이 있다. 천제단으로 가는 길에 단종비각이 태백산을 지키고 있다.

태백산에 태백산사가 있었다고 『신증동국여지승람』은 알려준다. 사당은 산꼭대기에 있었으며, 세간에서 천왕당天王堂이라 하였다. 정암사에서 말년을 보내던 자장율사가 이곳에 문수보살의 석상이 나타났다는 말을 듣고 찾아와, 절을 짓고 석상을 봉안하였다고 하는 전설도 전한다.

이인상, 「유태백산기」, 『능호집』

천왕당天王堂에 이르렀을 때는 대략 인정(대략 사람들이 잠드는 시각인 밤 10시) 때였다. 60리를 걸었다. 서쪽 법당[西堂]에는 석불이 있고, 동쪽 법당[東堂]에는 나무 인형이 있다. 이른바 천왕天王이다.

당시 태백산 정상에 사당이 있었다. 하늘에 제사를 지내는 돌로 쌓은 천제단으로 대체됐다. 천왕당이 언제 천제단으로 변했는지에 대해서는 알 수 없다. 단지 옛날부터 하늘에 제사를 지내는 의례 장소로 지정된 사실은 역사서에 전한다. 『삼국사기』에 "일성이사금 5년[138] 겨울 10월에 북쪽으로 순행해 몸소 태백산에 제사 지냈다."라고 나온다. 태백산은 신라가 전국 명산대천을 삼산오악으로 나눠 국가적인 제사를 지낼 때, 북악에 속했다. 하늘에 제사를 지냈던 명산이었다.

심적암터

적조암에 들렀다가 자장율사 순례길을 따라 가면 적조암 삼거리가 나온다. 이어지는 능선을 따라 샘터 사거리까지 천의봉을 보며 진행한다. 중함백은 정상 부근에서 약간 가파르다. 정상 근처 바위에서 바라보는 북서쪽의 전망은 눈을 시원하게 한다. 북쪽으로 심적암이 있을 곳을 눈짐작해본다. 다시 오던 길을 내려가다 북쪽으로 향하며 심적암을 찾아 나섰다. 우여곡절 끝에 조그만 능선을 넘으니 심적암 지붕이 보인다.

바위가 호위하는 심적암은 속세 사람의 접근이 어려운 곳이다. 쉼 없이 샘물이 솟는다. 단박에 깨달음을 줄 것 같은 시원함이 머리에 전달된다. 암자가 자리 잡은 곳은 햇볕이 잘 드는 포근한 곳이다. 주변에 축대가 보인다. 건물이 몇 채 있었을 것이다. 언덕에 보이는 정자는 하늘 아래 있는 듯하다.

고한리

심적암터

적조암

오투리조트

▲
함백산

135

김신겸, 「심적암」, 『증소집』

중함백에 그윽이 암자 지으니　幽構負中朴
아스라이 속세와 떨어졌네　縹緲絶人羣
맑고 화목한 기 머금고 있어　一氣含澄穆
앉아서 특별한 것 보고 듣네　坐來殊見聞
울창한 소나무 푸른 바다에 닿고　森松際碧海
하늘과 물은 구분할 수 없네　天水遠莫分
나는 새도 이르지 못하고　飛禽亦不到
뜨락 풀 추위 속 향기 발하네　庭草送寒芬
문 여니 부처 그림 밝게 빛나고　開門畵佛明
조그만 향로 아직 따뜻한데　小爐猶氤氳
고승은 볼 수 없으니　高僧不可見
처량하여 마침내 말 없네　怊悵遂無言
연화봉을 굽어보니　俯視蓮花峯
우뚝 흰 구름 위로 솟았네　亭亭出白雲

속인의 접근을 불허하는 중함백 산자락에 암자를 지었다. 바위를 울타리 삼으니 아늑하다. 동쪽에 연화봉이 보인다. 뜨락에 앉아 있으면 자연의 소리만이 들린다. 이내 자연의 일부가 된다.

본적사지

본적사지는 『인조실록』 26년1648의 기사, 허목의 『척주지』1662에 보인다. 절터 내에는 통일신라시대의 석탑재와 각종 기와류가 발견되고 있어 역사가 매우 오래되었음을 말해준다.

> 북쪽에는 함박산이 있고, 동남쪽에는 연화봉을 대하고 있으며, 북쪽을 따라 조금 멀리 가면 절이 있는데, 본적사라 합니다. (중략) 능묘가 본적동 절 위에 있다는 것은 사람들이 모두 전하고 있는 말입니다만 눈으로 본 적은 없습니다. 본적은 북쪽으로 함박산과 조금 멀리 떨어져 있는데, 함박산은 대박산이라고도 합니다. (『인조실록』 26년)

> 대박산은 태백의 동쪽에 있는데, 아래위로 본적·심적이 있고 묘하다. 이 산에는 만생백과 오엽송의 나무가 많이 자란다. 그 동쪽은 황지이고, 황지 동쪽은 연화산이다.(『척주지』)

자료로 보아 본적사가 조선 후기에 존재하였음을 알 수 있다. 위치는 함박산에 가까우며, 심적·묘적·은적 등의 암자도 함께 있었다.

서산대사, 「태백산 본적암 수장 모연문」, 『청허당집』

이 암자는 고려의 왕사 나옹의 제자인 달공스님이 창건하였습니다. 산은 깊고 물은 아름다우며 경계가 고요하고 사람이 드물어 옛날부터 도를 지닌 이가 살기를 좋아했습니다. 그러나 세월이 오래되어 매우 허물어졌으매, 한 도인이 창건한 것을 수리하기에는 힘이 부치지 못하여, 마치 비를 피하는 정자처럼 되었습니다. (중략) 그러므로 오늘 한번 말하고 한번 들으면 나의 마음 거울이 한번 밝아지는 것입니다. 거울이 비록 한번 밝으나 맑고 흐린 두 그림자 분명하기 이 같으니 천당에 가시겠습니까. 지옥에 드시렵니까. 시주님은 깊이 생각하여 가리시기를 삼가 바랍니다.

서산대사는 문집인 『청허당집』에서 본적사의 건립자는 달공화상이라고 밝힌다. 달공화상은 생몰연대를 알 수 없으나 고려 후기의 스님으로 호는 본적이다. 중국을 거쳐 우리나라에 들어온 인도승 지공을 스승으로 섬겼으며, 그 뒤 주로 인적이 없는 곳을 다녔다고 한다. 나옹에게 법을 이어 받았고, 입적한 뒤에 무학과 함께 존숭되었다.

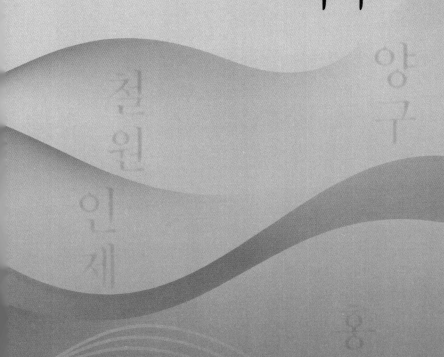

영서
북부

양구

철원
인제

홍천

청평사

이자현은 청평산에서 37년간 머물며 청평사 주변을 정원으로 조성했다. 사다리꼴로 석축을 쌓은 뒤 개울물을 끌어온 영지는 우리나라에서 가장 오래된 인공정원이다. 청평사에 도착하기 전에 만나는 영지는 마음을 씻는 정화수 역할을 한다.

경내로 들어서면 두 개의 비가 기다린다. 1130년 나라에서는 이자현이 죽은 뒤 진락공眞樂公이라는 시호를 내리고 그의 사적을 새겨 비를 세웠다. 비문은 김부철이 지었고 글씨는 행서의 대가 탄연이 썼다. 충숙왕 14년1327 원나라 황제 진종의 황후가 불경과 함께 돈 1만 꾸러미를 시주하면서 황태자와 왕자들의 복을 빌고 그 내력을 기록한 비를 세웠다. 당대의 문장가 이제현이 짓고 명필 이암이 썼다.

청평사를 상징하는 건축물은 회전문이다. 중생들에게 윤회전생을 깨우치는 문이며, 상사뱀 설화가 얽혀있는 문이다. 기암괴석, 폭포 등이 어우러진 경관은 대관령 서쪽에서 가장 뛰어난 계곡이라는 평가를 받는다.

김시습, 「나그네」, 『매월당집』

나그네 청평사에서 有客淸平寺
봄 산 경치 즐기나니 春山任意遊
새 울음에 외론 탑 고요하고 鳥啼孤塔靜
꽃 떨어져 실개울에 흐르네 花落小溪流
맛난 나물 때를 알아 돋아나고 佳菜知時秀
향기론 버섯 비 맞아 부드럽네 香菌過雨柔
시 흥얼대며 선동 들어서니 行吟入仙洞
씻은 듯 사라지는 근심 걱정 消我百年愁

전국을 떠돌아다니던 김시습은 청평사를 찾는다. 때는 봄. 새소리 때문에 더 적막한 산속임을 깨닫게 된다. 새소리만 들리는 적막 속에 침묵을 지키고 있는 탑은 김시습의 고독감을 배가시킨다. 시간이 조금 흐르자 조금씩 변화된다. 긴장한 시선은 차츰 이완된다. 나물과 버섯의 맛과 향기를 느끼며 절로 흥얼거린다. 가슴속에 맺혀있던 고독과 분노, 근심과 회한은 어느새 사라져 버린다.

김상헌, 「청평록 중」, 『청음집』

영지는 천 년 동안 한 빛깔로 맑았거니 止水千年一色清
절에 칠한 고운 단청 고요한 물에 비치네 上方金碧倒空明
나그네 허연 머리 비치는 게 부끄러워 客來羞照星星鬢
애오라지 연못가에서 갓끈을 씻어 보네 聊就池邊試濯纓

청평사에 도착하기 전에 만나는 영지는 청평사의 명소다. 김상헌뿐만 아니라 청평사를 찾는 사람들은 빠짐없이 영지에 대하여 언급한다. 천 년 동안 맑은 영지의 물은 이자현의 변치 않는 고결한 정신을 보여준다. 영지에 비치는 주변의 산과 암자는 청평사를 둘러싼 경계가 모두 고결한 곳임을 보여준다. 청평사로 들어가는 김상헌은 속세에 찌든 모습이 부끄러워 영지에서 몸과 마음을 청결히 한다.

이정형, 「기해년 늦가을에 청평사를 찾아갔다가」, 『지퇴당집』

늙은 몸으로 네 아들 데리고 老人携四子

흥을 따라 우연히 와서 노네 乘興偶來遊

가을 늦어지니 단풍잎 떨어지고 秋晚楓林脫

구름 희미하게 돌길 가렸네 雲迷石路脩

쌍폭 아래서 갓끈을 씻고 濯纓雙瀑下

영지에서 산책을 하다가 散策影地頭

문득 청한자 생각나는데 却憶淸寥子

발자취 멀어 짝할 수 없네 高蹤邈寡儔

이정형은 소양강을 따라 청평사로 향했다. 만추에 청평사를 찾은 그는, 구송폭포에서 잠시 머물며 폭포를 구경한다. 잠시 후 영지에 도착했다. 영지 부근엔 매월당 김시습이 거처하던 세향원이 있었다. 문득 이정형은 매월당의 고고한 절개를 떠올리며 존경의 마음을 되새긴다. 이자현으로 대표되는 청평사이지만, 그는 매월당을 먼저 떠올렸다.

식암터

청평산의 이곳저곳을 거닐다 발길이 선동까지 미쳤다. 해탈문을 지나면 두 계곡이 만난다. 오른쪽 석벽에 '청평선동淸平仙洞'이라 새겨진 글씨는 이곳부터 선동임을 알려준다. 박장원은 「유청평산기」에서 "길옆 돌 표면에 또 청평선동이라고 새긴 글자가 있는데, 선동식암仙洞息菴의 글자체와 같다."라고 증언해준다.

글씨의 주인은 이자현이다. 관직을 버리고 청평산에 들어와서 나물밥과 베옷으로 생활하며 선禪을 즐겼다. 왕이 여러 번 불렀으나 사양하였다. 예종이 남경에 행차하였을 때 왕을 만나기는 하였으나 다시 청평산으로 돌아와 평생을 수도 생활로 일관하였다. 이자현이 평소에 머물던 곳은 식암息庵이다. 그 안에서 묵묵히 앉아 몇 달 동안 나오지 않았다.

계곡으로 내려가니 바위에 이자현의 자취가 남아 있다. 너럭바위에 물을 모으기 위해 네모꼴로 팠다. 예불을 드리기 전 손을 씻던 곳이며, 차를 끓일 때 물을 뜨던 곳이다.

김시습, 「식암연아」, 『매월당시집』

구름 낀 푸른 절벽 절이 있으니　寺在煙霞翠壁間
벼랑 뚫어내어 구름 가에 지었네　懸崖開鑿架雲端
바람은 소나무에 불다 경쇠 흔들고　風磨松檜搖淸磬
달은 그물과 작은 난간 비추는구나　月映罘罳壓小欄
시비 한다 해도 어디 쓸 것이며　是是非非將底用
부지런히 애쓴들 무슨 꼴이 되랴　營營碌碌竟何顔
선동 소나무 창문 아래 앉아서　不如仙洞松窓下
황정경 내외편 자세히 보리라　兩卷黃庭仔細看

　『황정경』은 내단학 계통의 기본 경전이다. 시 속에 사용된 수많은 도교적인 언어들도 도교와의 친연성을 알려준다. 한국 도교사에서 그를 주목하는 이유는 고려 중엽 이후 조선 초기까지의 공백기를 깨고 선도의 맥을 다시 잇고, 후학들에게 계승시켜 조선 중기 단학파의 발흥을 가져오게 했다는 사실에 있다.

이황, 「청평산을 지나다 느낌이 일어」, 『퇴계집』

골짜기 사이 감도는 물 잔도는 구불구불 峽束江盤棧道傾
홀연히 구름 밖에 맑은 시내 흐르네 忽逢雲外出溪淸
지금까지 사람들 여산사廬山社 말하는데 至今人說廬山社
이곳에서 그대 골짜기 밭 갈았다네 是處君爲谷口耕
허공 가득 하얀 달 그대 기상 남았는데 白月滿空餘素抱
맑은 이내 자취 없이 헛된 영화 버렸네 晴嵐無跡遣浮榮
동한의 은일전隱逸傳 누가 지으려나 東韓隱逸誰修傳
조그만 흠 꼬집어 흰 구슬 타박 말라 莫指微疵屛白珩

조선의 선비들은 이자현의 은거를 찬양하며, 청평산을 찾아서 시를 남기곤 했다. 시뿐만 아니라 청평산을 유람하고 유산기를 남겼다.

청평산을 지나면서 이자현을 위해 지은 이황의 시는 이자현의 명성에 향기를 했다. 그는 "명성과 부귀를 신 벗듯 떨치고 화려한 생활에서 몸을 빼치고 원망하거나 뉘우침이 없이 끝까지 변하지 않은 자는 절대로 없거나 아주 드물 것이니, 역시 높일 만하지 않겠는가."라며 그를 기렸다.

이자현, 「낙도음」, 『해동시선』

푸른 산봉우리 아래 지은 집 家住碧山岑
전해오는 귀한 거문고 있네 從來有寶琴
한 곡조 타는 것 어렵지 않으나 不妨彈一曲
음을 알아줄 사람이 적구나 秪是少知音

계곡을 따라 더 올라가다가 오른쪽으로 올려다보면 식암이 숨어 있는듯 앉아 있다. 김상헌은 "식암은 둥글기가 고니의 알과 같아서 겨우 두 무릎을 구부려야 앉을 수가 있는데, 그 속에 묵묵히 앉아 있으면서 몇 달 동안 나오지 않았다."라고 옛 전적을 인용하였다. 식암 옆 바위에 청평식암淸平息庵이라 새겨진 글자가 천년의 세월을 뛰어넘어 또렷하다. 정갈하며 힘 있는 해서체의 자획은 이자현의 굳은 의지를 보는 듯하다.

세향원터

『매월당시집』에는 청평사와 관련된 시가 여러 편 실려 있다. 김시습이 청평사를 한 차례 방문한 것이 아니라 몇 차례에 걸쳐 방문한 것으로 추정하기도 한다. 청평사에 머물렀던 시기에는 세향원에서 생활하였다.

김상헌은 「청평록」에서 "절의 남쪽 골짜기 속에 세향원이 있는데, 청한자가 머물러 살던 곳으로 지금은 무너졌다."고 기록하였다. 청한자는 김시습의 호이다. 김익희는 「매월당의 옛 거처를 찾다」라는 시를 짓는데, 제목 옆에 매월당의 옛 거처는 영지 서쪽에 있으며, 세향원이라고 설명한다.

세향원터로 가려면 부도탑 왼쪽 산기슭으로 올라가야 한다. 100여 미터 올라가면 무너진 축대와 평평한 집터가 기다린다. 가만히 앉으니 구송폭포의 물소리가 나지막하게 들린다. 스치는 바람 소리도 들린다. 세향원터에서 조선 전기를 힘겹게 관통한 김시습을 생각한다.

식암터

청평사

세향원터 영지

복 산 면

김시습, 「청평산 세향원 남쪽 창에 쓰다」, 『매월당시집』

석양으로 산빛 점점 붉어지는데 　夕陽山色淡還濃
지친 새들 종소리 따라 돌아오네 　倦鳥知歸趁暮鍾
바둑 두다 오는 손님 맞아들이고 　棋局不收邀客訪
선방 잠가두고 구름 짙길 기다리네 　丹房慵鎖倩雲封
네모 못엔 천 길 산봉우리 비치고 　方塘倒插千層岫
절벽에선 만 길 내달리며 떨어지네 　絶壁奔飛萬丈淙
이것이 바로 청평산 선경의 운치 　此是淸平仙境趣
어이하여 시끄럽게 지난 행적 묻는가 　何須喇喇問前蹤

　석양이 산을 붉게 물들이자, 때맞춰 종소리가 울린다. 종일 날
던 새는 하루를 마감하기 위해 돌아온다. 평화롭기 그지없다. 산
속 풍경만 그런 것이 아니라 세향원에서 거처하는 김시습의 일상
도 느긋하다. 한가롭게 바둑 두다 오는 손님 맞아들이고, 손님과
한담을 나누느라 시간 가는 줄 모른다. 세향원이 위치한 곳은 신
선들이 사는 곳이다. 그곳에선 시비의 근원이 되는 예전의 행적
이 필요 없다. 그냥 여유롭게 하루하루를 보내면 된다.

김시습, 「청평산 세향원 남쪽 창에 쓰다」, 『매월당시집』

아침 해 뜰 무렵 새벽빛 밝아오니　朝日將暾曙色分
숲 안개 개는 곳에 새들이 부르네　林霏開處鳥呼群
먼 산 푸른빛은 창문을 열면 보이고　遠峯浮翠排窓看
절 성근 종소리 산 너머로 들리네　隣寺疏鍾隔巘聞
파랑새는 약 달이는 부엌 엿보고　靑鳥信傳窺藥竈
벽도화 떨어져 이끼와 어울리네　碧桃花落點苔紋
신선은 하늘에서 돌아왔는가　定應羽客朝元返
소나무 아래 소전 글씨 펼치네　松下閑披小篆文

평온하다. 외로움이나 조급함을 찾을 수 없다. 세향원을 짓고 청평사에서 생활하기 시작한 김시습은 마음의 평온을 찾은 것 같다. 아침의 청량함을 한껏 만끽한 그는, 세향원이 신선의 세계라고 생각하는 듯하다. 시어로 등장하는 '파랑새', '벽도화', '신선' 등은 청평산의 '선동仙洞'에 어울리는 단어들이다. 어디의 산이 그렇지 않으랴마는 특히 청평산은 김시습에게 위안을 주었다.

김익희, 「매월당의 옛 거처를 찾다」, 『창주유고』

열경의 자취 묘연하여 찾기 어려우나 悅卿遺躅杳難攀
예부터 세상에 맑은 풍모 전해오네 萬古淸風宇宙間
수레에 오르려다 탄식하며 멈추고 欲擧籃輿嗟未得
하늘 끝 부용봉 우러러볼 뿐이네 芙蓉天際仰高山

김익희金益熙, 1610~1656는 제목 옆에 "매월당의 옛 거처는 영지 서쪽에 있으며, 세향원이라 한다."라고 설명한다. 성해응1760~1839은 청평산을 소개하는 글 중에 "청평사 남쪽 계곡 가운데에 세향원이 있는데, 청한자가 살던 곳이나 지금은 폐허가 됐다."라고 언급하고 있다. 조인영1782~1850은 청평산을 유람하고 「청평산기」를 남긴다. "별원을 세향원이라 하는데, 청한자가 세상을 도피하여 살던 곳이다."라는 구절이 보인다. 청한자는 김시습의 호이다.

견성암터

　이자현은 정원의 중앙에 영지를 만들었다. 구성폭포에서 식암에 이르는 방대한 규모로 조성하면서도 자연경관을 최대한 살리고 있어서 정원문화의 전형을 보여준다고 평가받는다. 영지는 우리나라에서 가장 오래된 고려시대 정원의 흔적이다. 인공으로 조성된 못 안에는 세 개의 큰 돌을 배치하여 단순하면서도 입체적인 변화감을 더한다.

　절에 도착하기 전에 만나는 영지는 마음을 씻는 정화수 역할을 하였다. 조선시대 문인들은 빠짐없이 영지에 대하여 언급하였고, 청평산을 대표하는 장소 중의 하나로 꼽힌다. 영지가 이름을 얻게 된 이유는 견성암이 연못에 비치기 때문이다.

　식암에서 방향을 돌려 동쪽으로 수백 보를 간 곳에 견성암이 있었다. 김창협이 찾았을 때는 암자가 텅 빈 채 스님이 없었다. 날이 저물어 가고 산바람이 불어왔다. 피로가 심하여 돌을 베고 누워 있는데 노승 명헌明憲이 따라와 서로 마주하고 잠이 들었다.

이춘원, 「청평팔경-견성암-」, 『구원집』

진인 면벽하고 수행하던 곳 眞人學面壁
하나 티끌 높은 암자 앉았네 一塵坐高庵
탁 트여 일천 방위 보이고 寥廓千方見
환히 밝아 일만 형상 머금었네 虛明萬像涵
독경 소리 맑아 학 머물고 梵淸留鶴聽
고요한 참선 용 참여 허락하니 禪寂許龍參
화택火宅서 미궁 빠진 자가 火宅迷窮子
돌아오니 부끄러움 일어나네 歸來面發慙

　불교는 우리 몸이 지地·수水·화火·풍風의 4대 요소가 결합된
것이라고 본다. 번뇌로 충만한 속계를 불타는 집[火宅]으로 비유한
다. 『법화경』에 "편안치 못한 이 삼계, 불타는 집과 같도다.[三界無
安 猶如火宅]"라는 구절이 보인다. 불타는 집에 살면서도 불타고 있
는 것을 알지 못하는 속세의 인간은 견성암을 방문하고 나서야
문득 자신이 불타는 집에 있음을 깨닫는다.

우두사지

우두사는 이첨1345~1405의 시에 처음으로 등장한다. 춘천을 읊은 시에서 "들으니 산은 높고 물은 깊은 골짜기며, 백성은 많고 풍속은 좋을 뿐만 아니라, 고적은 우두사에 있고, 좋은 경치는 소양정에 있네."라고 했으니, 적어도 이첨 이전에 우두사는 나그네들의 고단함을 받아주었다.

성종 6년인 1475년에 우두사는 다시 등장한다. 이조참판 윤계겸이 아뢰기를, 우두사의 중이 강으로 내려보내는 모든 목재를 죄다 빼앗는다고 폐해를 보고하니, 왕은 알았다고 한 『조선왕조실록』의 기록이 보인다.

1572년에 양대박1543~1592은 금강산을 향해 가다가 우두사를 지났다고 적는다. 1635년에 김상헌1570~1652은 청평산을 갔다 오다가 다음과 같은 기록을 「청평록」에 남긴다. "아침에 (청평사의) 서천을 출발하자니 연연해하는 마음이 들어 훌쩍 떠날 수가 없다. 저녁나절이 되어서 산을 내려와서 우두사 옛터에 들렀다. 강가의 평탄한 곳에 대臺를 만들었는데, 형승이 소양정에 버금간다." 김상헌이 우두사를 방문했을 때는 터만 남아 있었다.

소양강

우두온수지

우두사지

우두산

신사우동

한국폴리텍Ⅲ대학
춘천2캠퍼스

장 학 리

김시습, 「우두사에서 자다」, 『매월당시집』

깃들던 까마귀 저녁 종소리에 날아가고　棲鴉驚散暮天鍾
짙은 안개와 노을 속에 절은 서 있네　寺在煙霞第幾重
궁한 선비 언제 봉황 날개 붙잡으려나　措大幾時將附鳳
고승은 이 저녁 벌써 용에게 항복 받고　闍梨今夕已降龍
달 밝은 수풀 아래 절로 돌아가고　月明林下僧歸院
구름 짙은 산 소나무 학 쉬고 있네　雲暝峯前鶴▣松
강가 느긋한 나그네 한스럽게 하는 건　最是江頭饒客恨
갈대꽃 깊은 곳 기러기 꾸룩꾸룩 소리　荻花深處雁嗹嗹

　찬 이슬을 피해야 할 늦가을 속의 김시습은 마침 우두사의 종소리를 듣는다. 춘천의 이곳저곳을 거닐다가 해질녘에 우두사의 문을 두드린다.

　우두산을 찾으니 낙엽만 나뒹군다. 주춧돌 몇 개와 덩굴 속 축대만이 쓸쓸하다. 눈을 드니 소양강이 석양에 빛난다.

삼한사지

『춘주지』는 삼회사에 대해 "경운산의 서쪽에 있다. 세상에 전하기를, 이 절은 소양정과 함께 모두 삼한시대에 세워졌는데 천년 된 옛집이 조금도 기울거나 틈이 생긴 곳이 없으며, 섬돌은 잡석으로 어지러이 쌓았는데 미세한 틈으로 물이 샐 곳이 없으니, 보는 자가 기이하게 여겼다. 을해년에 화전으로 개간하여 모두 없어졌다."라고 말한다. 송광연이 언급한 삼한사와 『춘주지』가 말하는 삼회사는 같은 곳으로 보인다.

신북읍 발산리를 찾았다. 송광연이 이곳을 방문했을 당시 터만 있었으며, 이후로도 계속 방치되었던 것 같다. 축대가 온전할 리 없다. 더군다나 나무를 실어 나르기 위한 도로가 절터 한 가운데를 통과했으니 더 심한 파괴가 이루어졌다. 도로의 흔적은 많이 사라지고 원상태로 복구되는 중이지만, 한번 훼손된 절터는 축대만이 아슬아슬하게 남아 있을 뿐이다.

주민들은 '불탄 절터'라 부른다. 절에 빈대가 많아 불을 놓고 절을 떠났다고 하는데, 전국에 퍼져 있는 폐사된 절의 설화와 흡사하다. 절터에선 기와 조각을 쉽게 발견할 수 있다. 가끔 백자 파편도 보인다.

© 김남덕

사북면

삼한사지

간척리

국립춘천숲체원

수리봉

송광연, 「삼한동기」, 『범허정집』

십여 리를 가서 삼한동에 이르렀다. 사람들이 말하길 옛날 골짜기 안에 큰 절이 있었는데, 삼한시대에 창건되어서 삼한사라 이름을 붙였다고 한다. 구층대에 오르니 폭포는 청평산 구송정 옆에 있는 폭포와 비슷하고, 너럭바위는 청평산 서천의 바위와 같으며, 바위산은 부용봉과 흡사하다. (중략) 그 위는 삼한사의 옛터이고, 또 그 위에는 휘돌아가며 열린 평평한 땅이 절경인데 식암 옛터이다. 맨 위에 몇 사람이 들어갈 수 있는 석굴이 있다고 한다. 날이 저물어 물이 시작하는 곳을 찾아가 볼 수 없었다.

삼한골 효자바위는 전설을 들려준다. 옛날 바위 옆에 늙은 아버지와 어린 자식이 살고 있었다. 아들은 절마다 찾아다니면서 구걸해서 밥을 얻어다가 아버지를 봉양했다. 스님들은 바위를 없앨 것을 의논하고 바위를 도끼로 내리쳤다. 그랬더니 기이하게도 피가 솟구쳐 절들은 모두 불에 타 없어졌다. 지금은 아홉 개 절터와 깨진 바위만이 남아있다. 아버지를 지극하게 봉양했다고 하여 바위를 효자바위로 부르게 되었고, 아이가 기특하다고 하여 기특바위라고 전한다.

반수암

김수증1624~1701은 회양에서 벼슬할 때, 금강산에서 홍눌이란 스님을 만났다. 화천 화음동으로 올 때 동행하였다. 쌍계동 위에 작은 암자를 짓고, 반수암伴睡菴이라 이름을 붙였다. 항상 가서 놀기도 하고 더러는 묵기도 하면서 별장처럼 여겼다. 「화음동지」의 기록이다.

반수伴睡는 잠을 벗한다는 의미다. 잠이란 현실에서 분주히 살아가는 것과 거리가 먼 단어다. 김수증과 홍눌 스님이 지향하는 바를 짐작할 수 있다.

홍눌 스님의 부도는 뜨락 아래 잔디밭에 있다. 자연석 위에 좌선하듯 앉아있는 부도는 돌로 만든 종이다. 세월을 그대로 통과해온 부도는 자연의 일부가 되었다.

화음동정사지에서 찻길 따라 상류 쪽으로 올라간다. 다리 앞에서 오른쪽 지류를 따라 오르면 아담한 절 법장사를 만난다. 반수암 터에 다시 지은 절이다.

김시보, 「반수암」, 『모주집』

저녁에 융의연에서 말 먹이고 夕秣隆義淵
아침에 반수암을 찾으니 朝訪伴睡菴
봄날 해는 유유히 나와서 春日出悠悠
고개 비추니 구름이 걷혀지네 平嶺斂雲嵐
푸른 바위 기대 휘파람 부니 長嘯據蒼巖
거처는 그윽하고 깊구나 洞府窅以深
층층 못은 점점 맑고 밝으며 層潭轉晴暉
먼 여울은 부딪치며 소리 내는데 遠瀨激流音
동남쪽 총계봉 사이에서 東南叢桂間
맑은 바람 옷깃으로 불어오네 淸風來我襟
집 짓고 살 생각하니 緬想結廬意
멀리서 온 발 기쁨 일어났다가 遲躅屢起欽
노선사 말씀 누워서 듣노라니 臥聽老禪語
늦게 왔단 생각에 슬퍼지누나 惆悵後來心

사창리에 도착한 김시보는 다음날 반수암을 찾는다. 화음동정사 위 계곡에 있어서 여울 소리가 지척에서 들린다. 화음동정사 앞 총계봉서 불어오는 시원한 바람이 옷깃 속을 파고든다. 바로 선계에 든 것 같다. 여기서 살고 싶어진다. 암자에 누워서 스님과 두런두런 이야기를 나누다 보니 너무 늦게 왔단 생각이 든다.

김창협, 「반수암」, 『농암집』

죽장이요 풀방석에 참선할 게 뭐 있나 竹倚蒲團不用禪
희이선생 직계의 비전을 지녔거니 希夷直下有眞傳
단꿈 속에 복사꽃 지는 줄도 몰랐는데 夢中未識桃花落
산새가 머리맡에 바깥사람 불러오네 山鳥呼人到枕前

희이선생은 송나라 진단의 호이다. 어렸을 때 푸른 옷을 입은 여인의 품에 안겨 젖을 먹은 뒤에 도술을 깨달았다. 여러 산에서 은거하며 한번 잠들면 백여 일 동안 일어나지 않았다고 한다. '잠을 벗 삼는 암자'에 어울리는 사람이다.

반수암에 오면 속세 사람도 희이선생처럼 된다. 무릉도원인 반수암에서 단잠을 잔다. 아무 걱정거리가 없다. 한참을 자다가 새소리에 문득 잠에서 깨어난다. 꽃이 지고 있는 것이 보인다.

김창흡, 「곡운제영-반수암-」, 『삼연집』

구름 속 화음동정사 있고 雲間惟石室

평상 밖 스님 계시네 榻外又麻衣

손님과 주인 번갈아 왕래하니 賓主遞來往

유불 간에 시비 없구나 儒禪無是非

텅 빈 계곡 속 물레방아 얼고 溪虛氷擁碓

산 사이로 뜬 달 사립문 비추네 峰缺月臨扉

매번 안개 속 종 보노라니 每見煙鐘裏

사미승은 쌀 지고 돌아오네 沙彌負米歸

화음동정사에 거처하던 김수증은 당대에 유명한 유학자였다. 반수암의 홍눌선사는 부처가 되기를 염원하던 불자였다. 이질적으로 보이는 두 사람의 교유는 종교를 초월한 사귐이었다. 숭유배불崇儒排佛하던 시대에 유학자인 김수증은 반수암에 가서 놀기도 하고 더러는 묵기도 하였다. 두 사람의 행적이 울림을 준다.

계성사지

『고려사』에 따르면 고려 목종과 현종 시대에 활약한 최사위 964~1041는 사찰이나 궁궐의 창건에 큰 역할을 했다. 금강산 정양사와 화천 계성사 등이 그가 세운 열다섯 군데 절이다. 계성사 절터에서 국내 최초로 육각형 금당지가 확인됐는데, 금강산 정양사 법당과 거의 같은 모양으로 밝혀졌다. 고려시대 차 문화와 관련성이 주목되는 화려하고 격조 높은 화덕 시설도 찾아냈다. 계성사는 『신증동국여지승람』에 소개되었고, 『여지도서』는 폐찰이 되었다고 알려준다.

김수증1624~1701은 1691년에 한계산을 유람하고 「한계산기」를 남겼는데, 계성사를 계상사繼祥寺로 적었다. 당시 탑과 부도가 있었고, 서너 스님이 남아 있었다. 암자와 요사채는 제 모습을 갖추지 못하였다고 하니 쇠락해가던 절의 모습을 그렸다.

석등은 폐교가 된 원천초등학교 괴산분교 자리 한가운데 있다. 계성사지는 군부대 포사격장 안에 있다.

김수증, 「한계산기」, 『곡운집』

일찍 출발하여 낭천狼川의 정씨 집에 이르러 점심을 먹었다. 원천을 지나 서쪽으로 돌면서 시냇물을 따라 30리를 가서 계상사繼祥寺에 이르렀다. 옛 탑과 부도가 있으며, 남아 있는 스님은 3, 4인이다. 처음에 지은 암자와 요사채는 제 모습을 갖추지 못하였다. 거친 풀이 뜰을 덮어 앉을 만한 땅도 없다. 노승 언흘彦屹은 지난번 신수사에서 본적이 있다. 한계산의 대승암을 유람하고 봉정암과 곡연을 두루 돌았기에, 그 승경의 풍치를 말할 수 있었다. 조금 내 마음에 맞았다. 초막이 매우 누추하나 향을 피우고 잠자리에 들었다.

계성리는 달거리 고개 아랫말에 넓게 펼쳐진 마을이다. 계성천이 흐르고 장군산과 두류산으로 둘러싸인 마을이다. 달거리 버스정류장에서 서북쪽으로 약 8km 거슬러 올라가면 계성사 절터와 석등이 나온다.

계성리 마을 길을 따라 계속 가다 보면 포장도로가 끝나면서 군부대가 계성사로 가는 골짜기를 지키고 있다. 군부대 정문 옆에 석등까지 5km라고 알림판이 걸려있다.

신수암터

　조세걸이 그린 곡운구곡도 중 첩석대 그림을 펼쳤다. 소나무 뒤로 흐릿하게 탑이 보인다. 바로 신수사 탑이다. 신수사가 있었다는 것을 눈으로 확인할 수 있는 자료다.

　1720년에 21살인 오원1700~1740은 아버지와 함께 사창리에 와서 김창흡을 만났다. 이때의 기록이 「곡운행기」이다. 그는 첩석대 위에 있는 고삽교 옆 절벽 주변을 융의연으로 착각하였다. 그의 기록은 곡운구곡을 다채롭게 하는 데 일조하였다.

(첩석대에서) 수백 보를 가니 기이한 산등성이가 띠를 이루어 늘어선 것이 병풍이 앞을 가로막는 것 같다. 모두 석벽인데 깎아지른 듯 험하다. 물은 그 아래에 멈춰 깊은 못을 이룬다. 푸르고 맑으며 물이 괴어 깊다. 깊이는 여러 길이다. 오래된 탑이 못가에 있다.

　글 끝에 '오래된 탑이 못가에 있다.'고 증언해준다. 못가에 있는 오래된 탑은 바로 곡운구곡도에 그려진 신수사의 탑이다.

《곡운구곡도》,〈첩석대〉, 조세걸

김창흡, 「신수암」, 『삼연집』

그윽한 약속 산 북쪽 조그만 절에 있는데   幽期山北小招提
고사리 봄 되어 살찌고 비둘기 지저귀네   木蕨春肥靑鴿啼
물 따라 지팡이 짚고 몇 보 거닐지 않아   藜杖沿源無幾步
첩석대 서쪽에서 꽃 떠내려오는구나   雨花浮出石臺西

    유기幽期는 밀회의 약속으로, 곧 다시 만나자고 마음속으로 다짐한 것을 뜻한다. 김창흡은 신수암의 스님과 약속이 있었던 것 같다. 길을 나서니 새싹은 돋고 비둘기는 짝을 찾느라 바쁘다. 봄날의 생동감이 느껴진다. 아지랑이 피어나는 봄 햇살 속에 지팡이 짚고 걸어가는 이는 김창흡이다. 첩석대 부근에 이르자 어젯밤 내린 비에 떨어진 꽃잎이 점점이 떠내려오는 것이 아닌가!

운봉사지

    화천읍 동촌리는 파로호를 낀 산촌이다. 화천댐으로 인해 조선 시대보다 더 깊은 산촌이 되었다. 예전엔 양구 가는 길목이어서 번화하지는 않았지만, 적막강산은 아니었다. 동촌리 운봉골에 운봉사가 있었다. 18세기 전반의 『해동지도』에 절이 표시되어 있고, 『여지도서』에도 기록되어 있다.

    "동쪽으로 15리 가서 대리진에서 건너고 관불현을 넘었다. 강을 따라 올라가는데 밭과 들판이 평평하고 넓다. 강물 북쪽에 있는 집들이 그림처럼 물에 비치며 늘어서 있다." 김수증의 「한계산기」 중 일부다. 화천에서 동촌리를 지나 양구를 가는 중이다. 동촌리의 옛 이름은 관부리다. 일제강점기 때 지도를 보면 동촌리를 괄호 안에 '관불觀佛'로 표기하고 있다. 마을 사람들의 쉼터로 변한 학교 맞은편은 운봉동이다. 절로 인해 이름을 얻게 되었다. 해산 기슭으로 절을 찾으러 가니 반쯤 기울어진 부도가 보인다. 개울을 건너자 넓은 터가 나타난다. 축대도 보이고 기와 파편도 쉽게 보인다. 뒤로 해산을 등지고 앞에는 파로호가 펼쳐졌다.

김시보, 「운봉사 가는 길에」, 『모주집』

저물녘 운봉사 은은히 종소리 울리고　諸天晚思動微鐘
눈 녹은 앞 시내, 구름은 산에 있네　雪盡前溪雲在峰
괴이한 새 울음소리 말 위서 들으니　怪鳥一聲衝馬過
벗 찾아 춘송春松 가는 걸 알고 있네　知應求友上春松

　제천諸天은 절의 별칭이다. 운봉사를 이르는 말이다. 때는 바야
흐로 봄날이다. 계곡에 쌓였던 눈도 다 녹을 정도로 완연한 봄이
되었다. 친구를 만나러 가는데 어느덧 땅거미가 내린다. 절이 가
까운지 종소리가 은은하게 들린다. 나그네는 저녁 무렵에 말을
재촉하기 마련이지만, 김시보는 느긋하다. 이름을 알 수 없는 새
소리마저 흥을 돋군다. 친구를 만나기 직전의 심리 상태가 이러
하지 않을까.

석천사지

신철원 느치계곡을 김창흡은 석천계곡이라고 했다. 숙종 6년인 1680년 3월에 계곡을 유람한 후 「석천곡기石泉谷記」를 지었다.

석천사에 도착했다. 석천石泉은 바위틈에서 흘러나와 졸졸 흐르며 끊이지 않는 것이 마치 뽑아 당기는 것 같다. 스님이 말하길 이 물은 홍수와 가뭄 때에도 넘치거나 준 적이 없어서, 예로부터 감로라 불렸다고 한다. 시험 삼아 마셔보니 무척 차가우면서도 맑다.

석천사는 석천암으로도 불렀다. 언제 창건했는지는 알 수 없다. 조선시대에 이르기까지 약수가 소문이 나서 많은 사람이 찾았다.
폐사와 관련된 전설이 전해진다. 절의 바위틈에서 매일 1인분의 쌀이 나왔다. 어느 날 욕심 많은 수도승이 쌀을 많이 얻으려고 바위틈을 크게 뚫었으나, 쌀은 나오지 않고 샘이 터지면서 뱀이 나왔다. 그 뒤 샘물이 흐려지게 됨에 따라 스님들은 떠나고, 절은 폐사가 되었다고 한다. 인간의 탐욕이 빚어낸 결말이라는 것은 분명해 보인다. 숲속의 절터는 탐욕을 경계하라고 일깨워준다.

삼부연폭포

갈말읍　　용화천

용화저수지

신철원리

석천사지

김창흡, 「영험한 샘물」, 『삼연집』

세상의 샘물 맛보았지만 天下嘗泉水

명성산엔 이르지 못했는데 未至鳴城山

제대帝臺라는 신인의 물이 誰謂帝臺漿

멀지 않은 이곳에 있다고 하네 不遠在此間

여러 사람 보는 일 드물어 衆夫所希見

산승山僧 홀로 감탄하는구나 山僧獨嗟嘆

높다란 물통 영험한 물 받으니 高槽承靈液

맑은 물 부딪치며 가늘게 흘러 淸澈激細湍

멈추지 않고 졸졸 흘러내려 涓涓來不息

오랜 세월 동안 마른 적 없네 千載未始乾

손으로 떠서 창자 씻으니 挹彼漱我腸

시원스레 마음을 차갑게 하네 冷冷徹心寒

만일 신선이 되고자 하거든 人倘欲神僊

이 샘물 마시면 날개 생기리 因此生羽翰

석천사의 샘물은 근처 주민들 사이에 유명했다. 영험하다고 소문난 샘물은 제대帝臺라는 신인神人의 물에 비유된다. 물을 마시면 신선이 될 수 있다고 샘물을 칭송한다. 신선이 되지 못하더라도 정신이 번쩍 들 정도로 시원하다.

삼신사지

『신증동국여지승람』을 보면 김화현 삼신산에 삼신사가 있었다. 삼신산은 김화읍 운장리에 있으며, 삼신사는 삼신산 기슭에 있었다. 운장리 밭 한가운데 있는 석불상은 삼신사가 있었다는 것을 알려주는 유물이다. 석불은 고려시대 작품으로 추정하고 있다. 얼굴과 손의 모양 및 몸체가 균형이 잡혀 있지 않은 소박한 작품으로 불상의 토속화를 잘 반영하고 있다. 순박한 얼굴에는 여러 곳에 총탄 맞은 흔적이 보인다. 목 부위도 절단되었던 것을 이어 놓았다. 이곳은 윗마을 생창리와 함께 한국전쟁뿐만 아니라 임진왜란, 병자호란 당시에 격전지였다. 생창리는 민통선이 마을을 통과하는 전방이다.

길가 밭둑에 올라서면 밭 가운데 석불이 서 있다. 일대가 절터로 추정된다. 운장리 들판을 바라보며 나무 그늘에 석불이 서 있다. 두 그루 나무가 함께 다정하게 석불을 호위한다. 쓸쓸하게 보일 수 있는 풍경이 나무 덕분에 화기가 돈다. 들판 아래로 화강이 김화읍으로 흘러간다.

이병연, 「홍칙에게 화답하여 보내다」, 『사천시초』

강가의 만발한 꽃 우거진 버들 속 一道江花萬柳間

작은 관아 한가로이 한쪽에 있다네 旁邊着得小官閒

중은 흰 구름 속 삼신사로 가고 白雲僧去三申寺

농부는 눈 남은 오랍산을 일구네 殘雪民畊五臘山

퇴근하면 해가 지도록 글 읽다 公退讀書斜日盡

병들어 누웠는데 이른 봄 돌아왔네 病餘高枕早春還

벗은 요사이 시 지어 붙이기를 故人近有詩相寄

동해 비로봉 함께 올랐으면 하네 海上毗盧欲共攀

이병연李秉淵, 1671~1751은 당대 으뜸가는 시인이었다. 그가 김화현감에 부임한 해는 1710년이었다. 이병연이 현감을 지내던 시절에 김화관아를 방문한 겸재 정선은 화폭에 관아를 담았다.

관아와 멀지 않은 곳에 삼신사가 있었다. 스님은 이병연과 친한 사이였던 것 같다. 금강산을 유람하자고 시를 쓴다. 이병연은 정선과 금강산을 유람했는데 동행하였을 것이다. 『신증동국여지승람』은 삼신사를 김화현의 대표적인 사찰로 소개하고 있다.

지장사지

　옛 문헌에는 보개산으로 표기돼 있지만 지장산으로 널리 알려졌다. 지장신앙의 본산이기 때문에 지장산이란 이름을 얻었을 것 같기도 하고, 지장암이란 절이 있었기 때문인 것 같기도 하다.

　『신증동국여지승람』은 보개산에 지장사가 있었다는 것을 증명해준다. 『관동지』는 철원편에서 석대암과 지장암이 부의 남쪽 70리에 있으며, 심원사는 부의 남쪽 60리에 있다고 알려준다.

　고려시대의 문인 이제현은 「보개산 지장사에서 소릉의 용문 봉선사의 운을 쓰다」란 시를 남겼고, 이색은 「보개산지장사중수기」와 「보개산 지장사에서」란 시를 짓기도 했다. '지장'이란 명칭이 예전부터 내려왔음을 알 수 있다.

지장사지

향로천4교

향로천3교

향로천2교

중 리

관 인 면

향로봉

보가산성지

이색, 「보개산 지장사에서」, 『목은집』

산에 노는 맛 사탕수수 씹는 것 같아 游山如啖蔗
멋진 경치 들어감이 가장 사랑스럽네 最愛入佳境
구름을 바라보니 함께 무심해지고 雲望共無心
계곡 길엔 홀로 그림자와 짝하노니 溪行獨携影
종소리 울리자 숲과 계곡 텅 비고 鐘魚林壑空
전각엔 소나무 전나무 차갑구나 殿宇松杉冷
푸른 행전을 마련하고 싶어라 甚欲辦靑纏
바람 맞으며 다시 반성하고 싶네 臨風更三省

　지장산 계곡을 거닐어본 사람은 알 것이다. 산 위에 무심이 떠 있는 구름을 보면 나도 모르게 무심해진다. 이색도 혼자 지장사를 향해 산에 오르는 중이다. 그림자를 동행자 삼아 텅 빈 숲과 계곡을 지난다. 물소리, 바람소리, 새소리 등으로 가득하다. 나무 향기, 꽃향기 등이 코를 자극한다. 걸음을 옮길 때마다 점차 아름다운 경치로 들어간다. 말 그대로 점입가경漸入佳境이다.

석대암

『신증동국여지승람』은 석대사石臺寺에 얽힌 이야기를 설명한
다. 사냥꾼 이순석이라는 자가 돌부처를 보고 절을 세웠으며, 민
지의 글이 있다고 알려준다. 민지의「보개산석대기」의 내용은 이
렇다.

사냥꾼인 이순석 형제가 한 마리 금빛 멧돼지를 보고 힘껏 활을
쐈다. 멧돼지는 피를 흘리며 달아났다. 돼지가 멈춘 곳에 이르니
돌로 만든 보살상만이 샘이 솟아나는 곳에 있는데, 머리 부분은
드러나 있고 몸은 아직 묻혀 있었다. 다음날 형제는 돌 위에 앉아
있는 석상을 보고 또 한 번 놀랐다. 형제는 대를 쌓아 그 위에 암
자를 세웠으므로 석대암이라 하였다.

신이한 일이라 기록에 남게 되었고 이후에도 계속 전해지게 된
다. 이색1328~1396은「보개산석대암지장전기」에서 '지장석상地藏
石像'을 언급한다. 조선시대에 들어와 유몽인1559~1623은 1603년
봄에 경기도 암행어사로 재직 중「보개산의 고승 조순에게 부치
다」를 짓는다. 시에도 돼지로 변한 보살이 등장한다. 이후로도
계속 전해져왔음을 보여준다.

유몽인, 「보개산의 고승 조순에게 부치다」, 『어우집』

해동의 보개산은 삼신산의 하나이니 海東寶蓋三山一
조순祖純이 세존의 후신임을 알겠네 淳也吾知後世尊
차가운 달밤 박달나무에 원숭이 매달렸고 猿掛月寒檀樹砌
살구꽃 핀 봄날 정원에 범이 웅크렸네 虎馴春靜杏花園
바위가 별 모양 이루니 점치는 사람 많고 石成星樣多龜卜
돼지로 변했던 부처 화살 맞은 흔적 있네 佛化猪身帶箭痕
그댈 위해 덩굴 길 다시 찾아가려니 爲爾重尋蘿薜路
지팡이 날려 심원사로 내려오십시오 會須飛錫下深源

유몽인은 1603년 봄에 경기도 암행어사로 재직 중 보개산을 찾았다. 석대암까지 가고 싶었으나 일정에 쫓겨 심원사에서 발길을 멈추었다. 알고 지내던 조순祖純은 석대암에 머물고 있었던 것 같다. 보고 싶으니 얼른 심원사로 내려오라고 재촉한다. 유학자와 스님의 고상한 사귐을 보여준다.

심원사

보개산은 지장성지로 유명하다. 고려 때만 해도 60여 개가 넘는 사찰이 있었다. 『신증동국여지승람』에서 심원사, 석대사, 지장사 이외에 성주암, 지족암, 용화사, 운은사 등이 모두 보개산에 있었다고 알려준다. 불국토라고 해도 과언이 아니다.

보개산 서쪽 산기슭에 자리 잡은 심원사는 진덕여왕 1년인 647년에 영원조사가 창건한 흥림사에서 출발한다. 1396년에 무학이 중창하면서 이름을 바꿨다. 한국의 지장신앙은 관음신앙, 약사신앙과 더불어 대표적인 보살신앙이다. 관음신앙이 살아 있는 자의 현세 기복을 위한 것이라면, 지장신앙은 죽은 자를 위한 신앙이다. 바로 심원사가 대표적인 지장 도량 중 하나다.

한국전쟁 중에 폐허가 돼 민간인 출입이 통제되자, 1955년 철원 상노리에 새 사찰을 짓고 이름을 심원사라 하였다. 이후 옛터에서도 사찰을 복원하기 시작했다. 옛터에 극락보전을 복원하면서 원심원사의 역사가 시작되었다.

김시습, 「심원사」, 『매월당집』

천 길 되는 고목 아래에 古木千章下
높다랗게 절이 솟았구나 岧嶢有梵宮
새는 울고 나무 고요한데 鳥啼庭樹靜
재가 끝나자 요사채 비었네 齋罷客廊空
높은 산엔 석양빛 엷어졌는데 高岫夕陽薄
작은 내에 단풍잎 붉구나 小溪楓葉紅
가는 곳마다 모두 명승지니 行行皆勝地
길 다함을 슬퍼할 필요 있나 何必哭途窮

민간인 출입이 금지된 것은 1955년 보개산 입구에 군부대가 주둔하면서부터다. 심원사는 사실상 폐사되었다. 2003년 첫 발굴조사가 진행되면서 복원에 들어갔다. 심원사 입구에 무명 항일의병 묘역과 함께 항일의병비를 세웠다. 1907년 고종황제의 퇴위와 군대해산 등에 항거하여 전개된 의병항쟁은 임진강 및 보개산 유역을 중심으로 연천군 전 지역에서 강력하게 전개되었다. 고승들의 부도와 함께 심원사의 내력을 보여준다.

김시습, 「보개산에서 온 스님이 있어 시를 짓다」, 『매월당집』

철원은 천 년 옛 고을이라 東州千古地
예전에는 태봉 관문이었네 曾是泰封關
보개산 구름 일산같이 둥글고 寶蓋雲如繖
보리진 밝은 달 쟁반같이 떴네 菩提月似盤
위태로이 넝쿨 잔도에 얽혔는데 危藤縈棧道
세찬 폭포 바위틈서 쏟아지네 飛瀑漱巖間
일찍이 놀던 심원사 생각하나니 因憶曾遊處
가을바람에 단풍잎 한창 붉겠지 秋風葉正殷

보개산에서 온 스님은 심원사에서 온 스님을 뜻한다. 김시습의 시 중에 「보개산」과 「심원사」가 있는 것으로 보아 보개산 심원사에 갔었던 것 같다. 심원사로 향하는 잔도와 계곡의 폭포를 묘사한 것이 자세하다. 김시습뿐만 아니라 조선시대의 많은 문인들의 시문에서 쉽게 보개산을 찾을 수 있다. 고려시대의 이색이나 이제현도 시문을 남겼다. 보개산은 종교적으로 중요할 뿐만 아니라 문화적으로도 중요한 장소였다.

김시습, 「보개산」, 『매월당집』

보개산 모습은 푸르른데 寶蓋山容碧
철원의 가을빛 짙어가네 東州秋色多
세월은 쏜살같이 빠르며 年光急似箭
사람의 일 천보다 더 얇네 人事薄於羅
오랜 골짝에 저녁놀 고요하고 古壑煙嵐靜
하염없는 길엔 세월만 까마득 長途歲月賒
무슨 일로 정처 없이 떠도는가 飄飄緣底事
닿는 곳이 바로 내 집이네 到處卽爲家

비단과 같은 천보다 얇다는 것은 쉽게 찢어진다는 의미다. 쉽게 변한다는 것이며 가볍기 그지없다는 개탄이다. 사람 간의 일이 이러하다는 것을 이미 젊은 나이에 깨달아버린 김시습은 자연에서 위안을 얻었다. 산수 사이에서 유람하면서 사람에게서 받은 상처를 치유하곤 했다. 보개산에서 김시습의 발길은 연천으로 향한다. 한탄강을 건너 서울로 향했으니 동막골을 지났을 것이다. 계곡을 빠져나가며 조금이라도 위안을 얻었을 것이다.

안양사지

율이리에 들어서자 휴전 중인 분단의 땅이라는 것이 실감난다. 마을에 민가는 보이지 않고 부대의 높은 담과 철조망만 보인다. 안양사가 있던 안양골로 들어섰다. 부대 앞에서 갑자기 길은 비포장도로로 바뀐다. 일제강점기 때 사용되던 상수도용 소형 댐을 지나니 또 군부대 시설이 보인다. 금학산과 고대산 사이의 계곡은 청정수다. 계곡 옆에 자그마한 폭포가 보인다. 폭포 상류에 기와 파편이 많이 발견되었다. 그곳에서 구운 기와로 안양사를 지었다. 조그만 계곡을 건너자 풀숲 여기저기에 축대의 흔적이 남아 있다.

안양사가 있던 곳은 한국전쟁이 끝난 뒤 누구도 접근할 수 없는 지역이 됐다. 민통선으로 불리는 민간인 통제구역에 포함돼 버렸다. 안양사로 진입하는 길 양편은 처리하지 않은 지뢰밭이다.

안양사는 언제 폐허가 됐는지 알 수 없다. 『유점사본말사지』에 따르면, 안양사는 신라 경문왕 때인 863년 사굴산문의 개산조인 범일국사에 의해 창건됐다. 1940년대 안양사의 사진이 『유점사본말사지』에 수록돼 있어 폐사 전 원형을 확인할 수 있다.

성해응, 「안양사에 들어가서」, 『연경재전집』

나그네 뚜렷하게 숲속으로 들어가니 遊人歷歷入林行
그윽한 폭포 맑은 노을 눈부시게 밝구나 幽瀑晴霞照眼明
빗소리 들으며 쓸쓸한 절에서 자니 聽雨仍成蕭寺宿
오이 따던 어렸을 적 정 깊이 느끼네 摘苽深認少年情
섬돌에 사랑스런 해바라기 홀로 피고 砌陰葵愛孤花發
나무 끝에 샘물 소리 백 갈래 들리네 樹杪泉聽百道鳴
죽이라도 담백함을 싫어하지 않으니 粥飯不須嫌淡泊
석 달 겨울 살아도 삶에 만족하네 三冬棲息足吾生

성해응1760~1839은 이 작품 외에 장편시 「안양사를 기억하다」도 짓는다. 성해응은 1760년에 포천시 소흘읍 초가팔리 적암촌에서 출생하였는데, 그의 아버지는 북청부사를 지낸 성대중이다. 성해응은 15세 때 벌써 뛰어난 문장과 덕이 있는 행실로 명성이 높아 1783년정조 7 진사시에 합격하였고, 1788년 규장각 검서관으로 임명되면서 처음으로 중앙으로 진출하게 되었다. 그 뒤에는 내각에 봉직하면서 북학파 인사들과 교류하고 각종 서적을 광범위하게 섭렵함으로써 학문의 바탕을 이룩하였다.

두타사지

　두타연으로 가는 길은 문등리를 거쳐 내금강의 장안사로 향하던 길이다. 길은 수입천을 따라 이어진다. 계곡 가운데 바위가 가로막자 바위를 가르면서 폭포와 연못을 만들어 양구의 명소 두타연이 생겼다. 두타연이라 부르게 된 이유는 두타사 때문이다. 두타頭陀란 산스크리트어를 음역한 말로, 의식주에 대한 집착을 버리고 수행하는 것을 뜻한다.

　『신증동국여지승람』은 두타사가 양구 두타산에 있다고 알려준다. 이만부1664~1732는 두타사의 행방을 증언해준다. 계곡으로 10여 리 들어가면 예전에 두타사가 있었는데 지금은 폐사가 되었고, 절 옆에 폭포가 깎아지른 절벽 위에서 곧바로 떨어져서 아래에 깊은 못을 만드는데 용연이라고 알려준다. 이만부가 기록할 당시에 두타사는 이미 폐찰이 된 상태였다.

　두타연 주변엔 생태탐방로가 조성되어 있다. 길 좌우엔 철조망이 이어진다. 역삼각형 모양의 빨간 지뢰 표지판을 심심찮게 보게 된다. 고사목에 걸린 녹슨 철모가 전쟁의 상흔을 보여준다. 금강산으로 향하던 길은 남방한계선에 가로막혔다. 금강산에서 발원한 물만 자유롭게 흘러내린다.

허적, 「두타사 석문에 쓰다」, 『수색집』

용문龍門을 뚫은 여력 푸른 산에 미쳐 鑿龍餘力及靑丘
층층 바위 갈라내어 세찬 물 흐르게 하네 劈斷層巖放急流
우뚝 솟은 두 절벽 원기元氣를 찢는 듯 屹立兩崖元氣裂
치달리는 골짜기에 모든 영령 어지럽네 奔騰一壑百靈搜
맑은 가을 절에 오르니 소름 끼치고 淸秋人上神魂慄
대낮에 용 잠겼으니 계곡과 동굴 그윽하네 白日龍藏洞穴幽
일찍 아름다운 곳 생각했다 마음에 드니 夙想瑰奇今始愜
한림翰林의 시 자장子長 유람에 견주네 翰林詩句子長遊

한림은 두보와 함께 최고의 시인으로 꼽히는 이백을 가리킨다. 일찍부터 천재 시인으로 명성이 났고 시선詩仙으로 불렸다. 자장子長은 『사기』를 지은 사마천의 자이다. 사마천은 천성이 유람을 좋아하여 중국 전역을 두루 돌아다니며 견문을 넓혔다. 이때 얻은 산천에 대한 지식으로 인해 명문장가가 되었다. 두타사와 두타연을 구경하고 나니 어느새 이백이 된 듯하고 사마천이 된 것 같다. 두타연 옆 전망대에 서면 실감할 것이다.

심곡사지

길의 이름이 '금강산로'에서 '펀치볼로'로 바뀐다. 분단된 이래 외부의 방문이 쉽지 않았던 양구 땅이다. 펀치볼로는 돌산령을 넘어 해안으로 연결된다. 고개를 넘기 전 마을이 팔랑리다. 팔랑리에 심곡사가 있었다.

신라 헌강왕 5년인 879년에 도선국사가 창건한 것으로 알려진 심곡사를 『신증동국여지승람』은 도솔산에 있노라고 적고 있다. 동면 팔랑리에 있던 절은 1928년경에 59칸의 규모였다. 유구한 역사를 가진 절도 한국전쟁을 피하지 못하였다. 유물로 남은 불상과 부도 3기는 양구읍 송청리에 재건한 심곡사로 옮겨졌다.

심곡사는 『조선왕조실록』에 한차례 등장한다. 영조 34년인 1758년에 양구 현감이 심곡사에 거주하는 중이 야간에 호랑이에게 물려 죽었다고 보고하였다. 사찰이 깊은 산속에 있었다는 방증이다. 도솔산과 대암산 사이의 골짜기는 절터골이다. 계곡을 따라 오르다가 자작나무 앞에 멈췄다. 이곳부터 마을 작목반에서 임산물을 재배한다. 안쪽은 자연 그대로의 모습을 보여준다. 절터 옆의 계곡은 손때가 하나도 묻지 않았다.

김영행, 「심곡사」, 『필운시고』

새벽 가랑비에 앞산 컴컴하더니 崇朝微雨暗前山
수레는 돌 사이로 보일 듯 말 듯 皁盖翩翩水石間
스님은 낮에 방석에서 홀로 졸고 晝永蒲團僧獨睡
나그네 드무니 문은 항상 걸려 있네 客稀松逕戶常關
도원경 치우쳐 몸은 숨길만 하고 桃源地僻身堪隱
계수나무 우거져 오를 만하네 桂樹叢長手可攀
근래 도회지 사납게 풍랑 일어서 城市近來風浪惡
속세 떠나 이곳에 이사 오고 싶네 移家吾欲謝塵寰

*조개(皁盖) : 흑색의 수레 덮개라는 뜻으로 지방 장관을 가리킨다.

김영행1673~1755은 양구현감, 첨지중추부사 등을 역임하였는데, 당쟁의 소용돌이 속에 파직당하고 유배된 적이 있었다. 근래에 사납게 풍랑이 일어났다는 것은 이것을 가리키는 것 같다. 벼슬살이를 환해풍파宦海風波라 한다. 거친 바다에 비유했으니 모진 바람과 파도를 만나는 것은 정해진 이치이다.

심곡사는 도원경으로 비친다. 낮에도 방석에서 홀로 졸고 있는 스님, 찾아오는 나그네는 없어 언제나 문은 걸려있다. 속세를 떠나 이곳으로 이사 오고 싶을 만큼 매력적이다.

백담사

　백담百潭이란 이름은 곡백담曲百潭에서 유래한 것으로 보인다. 이의숙1733~1807은 「곡백담기」에서 "산 안의 모든 물은 서북으로 쏟아져서 용대리로 흘러간다. 황장연으로부터 아래로 20리, 맑은 물굽이와 깨끗한 못이 많다. 이것을 통틀어 곡백담이라 부른다." 라고 적었다.

　백담사가 들어선 것은 18세기 중반이다. 백담사의 전신은 한계령에 있던 한계사다. 화재 때문에 절을 옮겼으나 다시 화재를 당하자 한계령 시대를 마치고 대승령을 넘게 된다. 곰골을 지나 등산로 왼쪽 옆 평평한 곳에 자리 잡았을 때 명칭은 심원사였다. 다시 화재를 입자 암자골로 옮기고 선귀사라 하였다. 다시 화재가 나자 시내 건너서 영취사를 지었다가 지금 자리로 온 것이다.

　백담사 만해기념관에 들렀다. 만해 한용운이 출가한 곳이 바로 이곳이며, 『불교유신론』, 『님의 침묵』을 집필한 장소다. 만해 사상의 고향인 셈이다. 기념관 밖에는 만해시비와 흉상이 백담사를 지키고 있다.

정범조, 「백담사」, 『해좌집』

유람하느라 삼일 산에 머물며 山事經三宿
신선처럼 노닐다 백담사 왔네 仙游到百源
깊은 곳이라 사슴과 벗하고 身深依鹿住
주위 적막한데 꽃은 지는구나 境寂易花昏
폭포는 먼 숲서 울려 퍼지고 遠瀑連林磬
봄날 별은 계곡 입구에 총총 春星繞洞門
유람한 곳 또렷이 기억했다가 分明誰所歷
훗날 스님과 이야기꽃 피우려네 後約與僧論

1709년, 홍태유1672~1715는 백담사 뒤 고개에 올라 눈 앞에 펼쳐진 광경을 보고 다음과 같이 기록한다. "돌길이 끝나자 다시 험한 고개다. 고개가 끝나자 비로소 산이 열리고 골짜기가 넓게 펼쳐진다. 서너 채의 시골집이 계곡과 떨어져 자리하고 있다. 고개 위에서 바라보니 인가의 연기가 보인다. 황홀하여 신선들이 사는 별다른 세계라 생각했다." 당시 백담사는 없었고, 화전민만 살고 있었다. 고개 위에서 바라본 깊은 산속의 마을은 신선이 사는 마을로 보였다.

심원사지

한계령 아래에 있던 한계사가 한계리 쪽으로 내려가 '운홍사'라는 절을 세웠으나 불이 났다. 절을 다시 옮긴 곳이 내설악 심원사다. 김수증은 1698년에 이곳을 방문했다. 7~8일 밭갈이할 만한 곳이라고 했듯이 제법 넓다. 등산로에서 위쪽으로 올라가면 돌로 쌓은 흔적들이 군데군데 남아있다.

화전민들이 살았는지 70년대의 병들도 보인다. 다래 넝쿨 아래 주춧돌이 보인다. 일정한 간격으로 모두 네 개다. 넝쿨과 풀을 헤치고 보니 석축이 드러난다.

곰골을 지나자마자 숲속에 설담당부도가 있다. 계곡을 지켜오던 부도의 주인공은 설담雪潭 스님이다. 부도는 나무속에 조용히 앉아 있다. 기단부는 반쯤 흙에 묻혀서 부도를 더 자연스럽게 만든다. 고졸古拙한 부도는 숲속에서 설악산과 한 몸이 되었다.

백담사

용 대 리

구룡소

심원사지

영시암

211

김창즙, 「동유기」, 『포음집』

동으로 7~8리를 가서 심원사深院寺에 이르렀다. 절에서 남쪽으로 앞 시
내까지의 거리는 백여 걸음이다. 시내 남쪽에 석봉이 우뚝하게 하늘을
떠받들 듯 서 있는데 이름이 선장봉이다. 절 동쪽으로 백여 보 거리에 형
님의 옛 정사터가 있다. 백부께서 이곳의 이름을 벽운계碧雲溪라 지으셨
다. 스님들이 작은 암자를 짓는 중인데 아직 공사를 마치지는 못하였다.

심원사의 또 다른 이름인 벽운사와 김창흡의 집인 벽운정사의
이름이 연유한 것은 '벽운계碧雲溪' 때문이다. 계곡 양쪽엔 울퉁
불퉁한 바위들이 자리 잡고, 그 사이로 푸른 물이 흘러오다가 멈
춘다. 잠시 멈췄던 물은 다시 백담사 쪽으로 내려간다. 머리를
숙여 물을 마시니 속이 시원해진다. 김수증은 이곳의 이름을 벽
운계라 짓고, 자신이 살던 화천으로 떠났다. 설악의 백운계에서
살고 싶다던 김수증은 다시 오지 못하였지만, 조카 김창흡은 이
곳에서 터를 잡고 살았다. 1712년 김창흡의 동생인 김창즙은 형
님을 뵙기 위해 이 계곡을 걸었다. 두 형제는 이곳에서 감동의
상봉을 한다.

영시암

영시암의 첫인상은 소박함이다. 영시암은 담장이 없다. 등산로는 경내를 통과한다. 등산로 옆의 채소밭은 시골집 텃밭하고 다를 것이 없다. 길옆에는 목마른 사람을 위한 식수대가 있고, 그 앞엔 나무로 만든 의자 몇 개가 그늘 속에 있다. 뜨락의 화단은 마음을 푸근하게 한다. 투박한 질그릇과 같은 느낌이다.

김창흡은 영시암을 북향으로 높은 곳에 지었다. 뒤에는 조원봉이 있으며, 서쪽의 선장봉과 서로 쌍벽을 이뤘다. 시냇물이 암자 앞으로 휘돌아 흐르는데 개울 안쪽의 땅은 가로 세로로 5~6백 보는 족히 된다. 시내 밖으로 산줄기가 겹겹이 둘러싸고 있다. 북쪽으로 최고 높은 곳은 고명봉이다.

김원행, 「영시암 옛터」, 『미호집』

당시의 풍경 사라지고 산만 깊은데　當年滅景此山深
황량한 덤불에 주춧돌 찾을 길 없네　敗礎荒榛不可尋
고명봉 위에 달만 홀로 높이 밝아　獨有高明峰上月
지금까지 속세 벗어난 마음 비추네　至今留照詠歸心

이의숙의 「영시암기」를 보면, "암자는 처음에 조원봉 아래 있었으나, 지금은 조금 북쪽으로 옮겨 조원봉과 마주하고 있다. 처음에는 작은 집이었으나, 지금은 넓은 구조이다. 비어 있고 지키는 사람이 없다. 오른편에 유허비를 세웠으니, 도백 홍봉조가 지은 것이다."라는 구절이 있다. 다시 지은 영시암은 원래 있던 자리에서 계곡 쪽으로 이동하여 지었다. 새로 지은 영시암이 언제까지 있었는지 알 수 없다. 유허비의 행방도 묘연하다. 탁본만이 남아 있어 아쉬움을 달래준다.

김창흡, 「영시암 춘첩」, 『삼연집』

머리 세었으나 마음 한층 활기차고 髮白心愈活
몸은 말랐으되 도는 더욱 살찌네 形枯道益肥
안위安危는 산 밖의 일이니 安危山外事
영원히 영시암 문 열지 않으리 長掩碧雲扉

벽운정사에 머물던 김창흡은 화재를 당하자 거처를 옮겨 영시암을 세운다. 숙종 35년인 1709년이다. 영시암 생활도 잠시, 1714년에 찬모가 호랑이에게 물려 죽자 설악에서의 생활을 접고 산을 나오게 된다.

영원히 이곳에서 살고 싶었으나, 언제나 그러하듯 운명은 자신의 의지를 빗겨 간다. 「영시암춘첩」이란 시는 영시암에서의 마음가짐을 보여준다.

김원행, 「삼연 선생 영시암 유허비」, 『미호집』

아, 이곳은 삼연 김 선생이 은거했던 옛터이다. 선생은 어려서부터 남다른 뜻을 지니고 있었다. 산수 유람하는 것을 좋아하여 나라 안에 두루 발길이 미쳤는데, 유독 설악에 봉우리와 절벽, 연못과 폭포의 승경이 많은데도 특출함을 간직하고 드러내지 않는 것이 은자와 유사한 점이 있다는 이유로 내심 가장 좋아하셨다. (중략) 아, 선생의 고상한 풍치風致야 백 세 토록 사라지지 않겠지만 이 몇 자의 비석은 때가 되면 결국 갈라질 것이니, 어떻게 계승하여야 뒷날 이곳을 지나는 자가 배회하며 가리키고 탄식하면서 차마 떠나지 않을 수 있겠는가.

김창흡이 떠난 후 영시암은 급격하게 쇠락하게 된다. 1749년 인제 현감 이광구가 영시암이 폐허가 된 것을 안타까워하면서 비를 세우는 것을 도모하였다. 홍봉조가 마침 방백으로 비문을 쓰게 된다.

설정 선사가 옛터를 돌아보고 한탄하다가 여러 사람의 도움을 받아 1760년에 영시암을 중건하게 된다. 중건한 영시암의 성격은 바뀌게 된다. 유학자가 살던 거처에서 스님이 거처하는 절이 되었다. 자연스럽게 유불이 합쳐지게 되었다.

오세암

　설화산인 무진자는 오세암 주변의 형세를 연꽃이 반쯤 피어있
는 형상이라고 보았다. 오세암을 둘러싼 봉우리들은 연꽃이다.
오세암 창건 설화에서 말하는 절 뒷산인 관음조암도 꽃잎이고,
관음보살이 오세동자를 아들처럼 안고 있는 모습을 한 어머니 바
위인 만경대도 꽃잎이다. 그 가운데에 오세암이 자리 잡고 있다.

　『건봉사급건봉사말사사적』에 실려 있는 「오세암사적」에 의하
면 오세암의 역사는 신라 때 자장법사가 암자를 짓고 관음암이
라 이름 붙이면서 출발한다. 고려 때 설정 조사가 암자를 중수했
다고 하지만, 대부분의 기록물은 1643년에 설정이 중수한 때부터
시작한다. 만해 한용운이 머물면서 『십현담+효談』의 주석서를 쓴
것은 유명하다. 오세암은 오세동자인 김시습이 머물러서 이름을
얻게 되었다.

서응순, 「오세암」, 『경당유고』

텅 빈 산속 옛 절 古寺空山裏
목련꽃 피었는데 木蓮花自開
동산에 달 뜨니 東峯明月上
매월당 오시는 듯 猶似悅卿來

동산[東峯]은 동쪽에 있는 산이며, 김시습이기도 하다. 김시습의
호가 동봉이다. 열경[悅卿]은 김시습의 자[字]이다. 밤 중의 달과 김시
습을 중첩시켰다. 호젓하고 한가로운 오세암의 밤이다. 하얀 목
련은 달빛에 은은히 빛났을 것이다. 서응순은 오세암에서 깨달
음을 얻은 것 같다. 김시습이 머물던 곳. 한용운이 깨달음을 얻은
곳. 연꽃이 핀 형상을 한 곳. 속인들이 마음을 비우고 깨달음을
얻어야 할 곳이 오세암이다.

김창흡, 「오세암에 이르러」, 『삼연집습유』

산의 주인 되면서부터　自我爲山主
자주 오세암 이르렀네　頻頻到此菴
주지는 시인 벗이 됐지만　方能詞客伴
시인은 노승 참선 싫어해　已厭老禪參
경쇠 소리 듣고 시 쓰다　聽磬仍呼韻
구름 속 잠들어 기대네　眠雲共倚龕
청한자는 친구가 오자　淸寒知己在
달빛은 소나무 비추네　孤月照松楠

　안석경1718~1774은 1760년에 오세암에 들렀던 일을 「설악기」에 적는다. "암자엔 매월당의 화상 두 폭을 진열했다. 하나는 유학자의 초상이고, 하나는 스님의 초상인데 수염이 있다. 나는 손을 씻고 옷을 단정히 하고 유학자의 초상에 참배했다. 우러러보니 우뚝한 풍모와 기운이 사람을 감동시킨다. 높은 이마와 굳센 광대뼈, 힘찬 눈썹과 빛나는 눈, 우뚝한 코와 무성한 수염은 참으로 영웅호걸의 외모이다." 조선시대에 걸린 영정은 1940년까지 전해져 왔다. 송석하가 촬영한 매월당 영정이 『처음으로 민속을 찍다』에 실렸다.

이최중, 「오세암」, 『위암집』

암자는 천 년이나 지켜오며 菴子千秋在
오세동자 이름 전해오네 淸風五歲名
누가 유자와 불도 구분하랴 誰分儒與釋
성인은 맑음 사양하지 않았네 不讓聖之淸
나무마다 서리 얼어 맺혀있고 萬樹凝霜積
동쪽 봉우리엔 달 밝은데 東峰片月明
근심스런 구름 영월과 연결되니 愁雲連越峽
애끊는 소쩍새 소리만 들리누나 腸斷子規聲

오세암을 찾은 조선시대 선비들은 오세암이라 불리게 된 이유
를 김시습이 이곳에서 거처하였기 때문이라고 믿었다. 오세암이
김시습과 관련 있다는 설을 뒷받침하는 것은 이복원1719~1792이
1753년에 설악산을 유람하고 지은 「설악왕환일기」다. '암자의 이
름은 오세동자의 뜻에서 취했다고 한다.'라고 적었다.

원명암터

　오세암길은 흙길이다. 봉정암길과는 전혀 다른 길이다. 봉정암길이 굳센 바위로 이루어진 길이라면, 오세암길은 포근한 길이다. 봉정암길은 바위와 세찬 물이 굽이치는 길이라면, 오세암길은 숲 속의 길이다. 봉정암길은 주변의 아름다움에 정신을 잃고 나를 잊어버리는 길이라면, 오세암길은 오직 나를 생각하면서 걷는 나를 찾는 길이다.

　대낮인데도 깊고 고요한 숲 가운데를 걷는다. 커다란 나무들과 소박하게 싱긋 웃는 꽃들이 계속 이어진다. 계속 오르막길이며 계속 계단이다. 무념무상의 상태로 걷고 있는데 왼쪽으로 돌담이 보인다. 가까이 가보니 축대. 돌 틈으로 다래 넝쿨이 비집고 나와서 옆의 나무에 의지하고 있고, 축대 위 제법 넓은 평지는 보라색 꽃을 피운 풀들이 차지하고 있다. 언제부터 터만 남았는지 모르겠으나 지금 이 땅의 주인은 꽃이 되었다. 백담사에 딸린 원명암圓明庵이 있던 자리이다. 『설화산백담사사적』을 보니 「원명암기」가 원명암의 이력을 알려준다.

용 대 리

영시암

원명암터

오세암

만경대

옥녀봉

「원명암기」

산은 금강산의 줄기이고, 강은 한강의 상류이다. 우리나라 산수의 아름다움은 설화산雪華山만한 것이 없고, 선원禪院이 깨끗하고 조촐한 것은 원명암圓明庵 같은 것이 없다. 암자는 오세암의 서쪽, 영시암의 동쪽에 있으며 거리는 각각 5리여서, 종과 경쇠의 소리가 들린다. 황철봉이 주산이고 백운봉이 안산이다. 동쪽에 자리하고 서쪽으로 향하고 있는데, 높아서 트이고 밝다. 건물은 화려하지 않으며 고요하다. 형세는 두텁고 넓으며 원만하다. 산은 높지 않으나 깊으며, 물은 차고 맑다.

1733년에 박성원은 설악산을 유람하고 「한설록」을 남겼는데, 유홍굴에서 북쪽으로 가서 원명암을 지났다고 기록하였다. 『건봉사급건봉사말사사적』에는 1903년에 원호 선사가 세우기 시작했다고 한다. 불교사전에서는 1676년에 설정이 창건했으며, 1897년에 원호가 중건했다고 알려준다. 한때 깨끗하고 조촐했던 원명암은 자연 속으로 회귀하고 있는 중이며, 꽃으로 다시 피어올랐다. 앞으로 어떤 인연으로 어떻게 변화될지 궁금하다.

봉정암

자장율사가 설악산에 부처의 사리를 봉안하게 된 인연은 귀를 쫑긋하게 한다. 자장율사가 처음에 금강산으로 들어가 사리를 봉안할 곳을 찾고 있었다. 오색 빛과 함께 날아온 봉황새가 스님을 설악산 병풍처럼 둘러싸인 곳으로 인도하였다. 바위는 봉황처럼 보이기도 하고, 부처님처럼 보이기도 했다. 부처님 사리를 모실 인연 있는 장소임을 깨닫고 탑을 세워 사리를 봉안하고 암자를 세웠다.

『설화산백담사사적』은 이렇게 적는다. 자장율사가 중국 청량산에 들어가 문수보살을 찾아뵙고, 석가여래 사리 7매를 전해 받았다. 우리나라로 돌아와 설악산 석대 위에 오층석탑을 건립한 후 사리를 봉안하였다.

석탑은 부처의 뇌사리를 봉안하였다고 하여 '불뇌보탑'이라고도 부른다. 여느 탑과 달리 기단부가 없고 자연 암석을 기단부로 삼았다. 설악산을 기단부로 삼고 있다고 말하기도 한다. 설악산과 탑은 한 몸이라는 설명도 그럴듯하다.

김원행, 「봉정암에 올라」, 『미호집』

바닷가 맑은 바람 티끌 없는 곳　海上冷風絶壒埃
높다란 탑대 올라 홀로 배회하네　塔臺高處獨徘徊
봉정암은 원래 딴 세상 아니었네　方知鳳頂非天外
찾아오는 나그네 적어서일 뿐　自是遊人少得來

진신사리를 봉안한 사리탑은 탑대에 세웠다. 전망대에 올라서자마자 앞으로 펼쳐진 장관에 말을 잃었다. 용의 이빨을 닮았다는 용아장성이 가까이 보인다. 북쪽을 바라보니 공룡능선이 밀려든다. 용아장성이 수려하다면 공룡능선은 웅장하다. 용아장성과 공룡능선이 바위로 이루어진 뼈라면 대청봉 방향은 흙으로 이루어진 살이다. 상반된 두 아름다움이 겹치는 곳에 봉정암이 자리잡고 있으니 참으로 묘한 곳이다.

홍태유, 「봉정암」, 『내재집』

스님 찾아 산꼭대기 찾으니 絕頂尋行迹
낙엽 속 암자는 텅 비었네 空菴落葉中
불공 드리지 않고 어디 가셨나 齋僧何處去
화로엔 불이 아직 남아있는데 茶竈火猶紅

설악산을 여행하던 이복원은 봉정암에서 이렇게 묘사한다. "만 겹의 천 길 산봉우리들이 뛰어오르고 나는 듯이 내달리면서 각자 탑대 아래에서 모습을 드러내니, 마치 창과 도끼와 깃발이 대장의 단상을 둘러싸고 호위하는 듯하다. 비록 길고 짧으며 듬성하고 조밀한 것이 들쑥날쑥하여 가지런하지 않지만, 위치와 기세는 매우 삼엄하고 엄숙하다. (중략) 이때 정신과 기분이 산뜻하고 상쾌하여 갑자기 일곱 번 넘어지고 여덟 번 엎어졌던 위험을 잊어버리고, 남쪽 변방에서 죽을 뻔했지만 나는 원망하지 않네. 이 유람 너무 좋아 내 평생 최고였으니."라는 시 구절을 읊었다. 「설악왕환일기」의 표현이 모든 것을 대변해준다.

이덕수, 「봉정암에서 자다」, 『서당사재』

거센 바람에 밤새도록 춥고 靈籟剛風徹夜寒
나무와 여울 어울려 소리내네 松藤交戛響飛湍
꿈속 동해에 있는 줄 착각하여 夢裡錯疑東海岸
깊은 산속에 있는 줄 몰랐네 不知身在萬重山

　김창흡은 봉정암에서 고요한 달구경의 흥취를 반감시키는 것
이 바람이라고 한다. 잘 때도 베개 밑에서 윙윙 바람 소리가 난다
고 적어 놓을 정도로 바람의 위세는 대단하였다. 더군다나 파도
가 들끓는 것 같다고 했으니 바람의 소리를 상상하기 어렵다. 홍
태유에게도 '봉정의 바람'은 충격적이었던 것 같다. "(봉정암에)
처음 도착했을 때는 숲과 산이 고요했는데, 한밤중이 되자 바람
이 크게 일어 온갖 구멍이 소리를 내니 바위와 골짜기가 진동한
다. 하늘은 청명하다." 얼마나 소리가 크게 났으면 온갖 구멍에서
소리가 나는 것 같다고 했을지 짐작하기 어렵다.

한계사지

인제에서 양양으로 통하는 한계령 중턱 장수대 옆에 한계사가 있었다. 앞으로 한계령에서 발원한 한계천이 흐르고 뒤로 산줄기가 병풍처럼 안고 있다. 길에서 위쪽으로 조금 올라가면 한계사지이다. 정돈된 절터는 남은 주춧돌과 탑이 지키고 있다. 탑을 바라보는 가리봉과 주걱봉은 합장하는 모습이다. 절터에서 뒤쪽 오솔길을 따라 올라가면 석탑이 있다. 울창한 숲에 쌓인 탑은 나무의 비호를 받는 듯하다. 이곳에 남아 있는 유적은 대부분 석조물이다. 높은 축석 위에 절터를 마련하고 사찰을 세웠던 건물터와 삼층석탑 2기 및 석불대좌·광배·연화석 등이 보인다.

1691년 김수증1624~1701은 한계사의 옛터를 둘러보았다. 절은 지난해에 재앙을 만나 석불 3구는 깨진 기와 조각과 잿더미 속에서 타서 훼손되었다. 오직 석탑만이 뜰 한 모퉁이에 서 있고, 작약 몇 떨기가 어지러운 풀 속에 활짝 피어 있을 뿐이었다. 「한계산기」의 기록이다.

설악산국립공원

대승폭포
한계사지
장수대

정필달, 「한계사에서」, 『팔송집』

설악산 높은 데서 큰 바다 바라보고 雪嶽高臨大海觀
푸른 하늘 위 만 길 옥빛 산 솟아 있네 靑天萬釼玉嶒岏
바위 샘물은 졸졸 흘러 산빛을 적시고 巖泉淼淼嵐光濕
소나무 골짜기는 그늘져 햇빛도 외롭구나 松洞陰陰日色單
적막한 앞 시대 왕조 도리어 무너진 성첩 寂寞前朝還廢堞
김시습 남긴 자취 텅 빈 제단으로 남았네 淸寒遺躅自空壇
인간세계 봄 다했는데 글은 어디에 있는가 人間春盡書安在
신선을 떠올리며 찾고자 하네 欲往尋之思羽翰

　한계령을 오가는 사람들에게 휴식의 공간을 마련해 주던 한계사였다. 마의태자나 김시습 등과 같은 한을 품고 있는 사람들에겐 치유의 공간이었다. 구사맹1531~1604은 『팔곡선생집』에서 한계사와 관련된 재미난 이야기를 들려준다. 한계령을 오가는 사람들은 한계사에서 잠을 자야만 했다. 절의 스님들은 접대하는 것이 힘들어 절을 버려두고 떠나서 빈 채로 버려졌다. 무너지고 부서진 지 이미 오래여서 옛터만 남았다고 증언하고 있다. 한계사는 화재가 나기 전에도 힘든 시기를 통과했음을 보여준다.

대승암터

김창협은 1696년 8월부터 9월 사이에 원주와 춘천을 거쳐 한계산(설악산)을 유람하였다. 그때의 여정을 기록한 글이 「동정기」다. 한계산에서 대승폭포를 구경하고 대승암을 방문했다. 「동정기」 중 대승암과 관련된 부분이다.

한동안 앉았다가 가마로 4리를 가서 대승암에 이르렀다. 자리 잡은 지대가 매우 높고 호젓하여 마음에 들었다. 다만 몇 년 동안 거처한 중이 없어 너무 심하게 황폐해진 것이 흠이다. 하룻밤은 지낼 만하여 간단히 청소하고 베개와 대자리를 깔아 유숙하기로 하였다. 밥을 먹고 나서 상승암의 옛터에 가 보았는데, 이는 대승암에서 위로 수백 보 거리다. 뒷 봉우리에 올라가면 곡연曲淵과 봉정鳳頂을 바라볼 수 있다고 말하였으나, 풀이 우거지고 길이 황폐한 데다 날조차 저물어 갈 수가 없어 안타까웠다.

『동국여지지』에 대승암이 한계산에 있다는 기록이 보이지만 이후 지리지에 보이지 않는 것으로 보아 폐찰이 된 것 같다. 대승폭포에서 한계산의 남쪽인 안산으로 가다 보니 견고한 축대 위에 묘지가 보인다. 대승암이 있던 자리로 추정된다. 무상無常의 깨우침을 준다.

안산

설악산국립공원

대승암터

대승폭포

44 장수대

김창협, 「대승암에 묵으며」, 『농암집』

나무껍질 지붕 오래된 암자　古寺木皮瓦
중은 없고 덩굴풀 문 얽었네　僧去薜荔鎖
작은 향로엔 향 사른 재만 있고　小鑪燼檀香
응달 벽엔 산과실 덩굴 뻗었네　陰壁蔓山果
(중략)
산속에서 삼 캐던 심마니　中峰採蔘子
해 저물고 산길 험난하여　日暮路坎坷
집에 가지 않고 함께 지내는데　相偶宿不歸
창 너머 관솔불이 깜박이누나　隔窓耿松火

　김창협이 찾았을 때는 이미 스님이 암자를 떠난 후였다. 청설
모가 암자를 지키고 있었다. 산속의 절은 스님들의 수도처이기도
하지만 나그네들이 이슬을 피하는 곳이기도 하다. 간단히 청소
하고 베개와 자리를 깔았다. 마침 한계산에서 삼을 캐는 심마니
가 하룻밤 보내기 위해 왔다. 심마니와 함께 관솔에 불을 붙이고
하룻밤을 보냈다. 주변의 경관을 자세히 설명하는데 마치 눈으로
본 것 같다. 절터에 앉아서 폭포 쪽을 바라보니 가까운 곳에 만경
대 봉우리가 우뚝하다.

상승암터

대승령 정상이 가까워지자 가리산 능선도 조금씩 높아져 간다. 등산로 오른쪽에 석축이 보인다. 축대는 많이 허물어졌다. 위는 제법 넓은 평지다. 김수증1624~1701은 1698년 대승령을 넘고 「유곡연기」를 남긴다.

2리쯤 올라가서 대승암에 이르렀다. 판자집에 스님이 없고 감실에 작은 불상만 있다. (중략) 밤에 암자에서 묵었는데 향을 피우고 촛불을 밝혀서 인지 잠을 이룰 수가 없다. 이튿날 아침 암자를 지나 북쪽으로 수백 걸음 가서 상승암에 이르렀다. 암자는 불에 타버렸는데, 위치가 높아 보이는 경치가 더욱 아름답다.

강원 감사를 지낸 유창1614~1690이 「관동추순록」을 지은 해는 1657년이다. 이때 상승암에 이르니 노스님 탁린과 제자인 의천이 곡식을 끊고 도를 연마하고 있었다. 의천은 글에 능하고 경전을 이해하며, 두 눈은 별처럼 빛나고 앙상한 몸은 학과 같았다. 오랫 동안 그와 불교에 대해 의견을 나누었다. 상승암은 도를 연마하 기에 적당한 곳이었다.

유창, 「상승암」, 『추담집』

깊고 깊은 푸른 산속 萬疊靑山裡
오래된 암자 그윽한데 千年古寺幽
창밖엔 온통 붉은 단풍 窓前紅葉滿
가을인 줄 모르고 참선하네 宴坐不知秋

궁벽한 곳이라 찾는 사람 드물고 絶境人稀到
깊은 산이라 새조차 날지 않네 窮山鳥不飛
신선 사는 곳에서 참 부처 뵙고 仙區見眞佛
마주 대하자 돌아갈 줄 모르네 相對却忘歸

때는 9월. 주변은 온통 붉은 단풍으로 물든 상태다. 속세 사람들은 단풍처럼 마음이 달아올라 정신을 차리지 못하였다. 스님은 가을의 한 가운데 있으면서도, 그것도 풍광이 아름답기로 소문난 설악산에 있으면서도 모든 것을 잊고 참선 중이다. 스님을 마주한 나그네는 바쁜 속세의 일정을 까마득히 잊고 잠시 선정禪定에 든다. 참선 중인 스님을 마주하진 않았지만, 속세로 돌아가는 것을 잊고 삼매경에 빠진다. 그냥 이곳에 머무르고 싶은 마음이 간절하다.

운흥사지

고원통은 한계초등학교가 있는 마을이다. 한계령으로 가는 길과 미시령으로 향하는 길이 갈라진다. 고원통을 지나 발길을 재촉하는 김수증은 한계령으로 가는 길을 따라간다. 한계1교 앞에서 왼쪽 골짜기로 들어갔다. 이곳은 조선 중기에 설치된 황장금표와 운흥사지가 있는 곳이다. 치마골 또는 큰절골이라 부른다.

석축에 새겨진 글귀가 보인다. 황장목의 벌목을 금한다는 내용이다. 석축 앞에 아무렇게 누워있는 유적들은 이곳이 운흥사 터임을 알려준다. 한계사가 불에 타자 이곳으로 내려와 절을 새로 짓기 시작하였고, 한창 불사 중일 때 김수증이 절을 방문하고 하룻밤을 잤다. 김수증의 기록에 의하면 한계사는 일 년 전에 화재를 만나 석불 3구는 깨어진 기와 조각과 잿더미 속에서 타서 훼손되었고, 석탑만이 뜰 한 모퉁이에 서 있었다. 김수증이 절을 방문한 해는 신미년인 1691년 5월이었다.

한 계 리

운흥사지

치마골관광농원

44

한계천

한계1교

241

김수증, 「한계산기」, 『곡운집』

고원통을 지나 한계사 있는 곳으로 들어섰다. 모래길에 소나무 숲이라, 풍악산 장안동 입구와 비슷하다. 여러 차례 개울물을 건너자 북쪽에 골짜기가 있다. 비스듬히 꺾어지면서 가자 절에 도착했다. 절이 있는 곳은 둘러싸여 있어 볼만한 곳이 없다. 그러나 뒤편에 있는 산봉우리는 깊고 아득하여 멀리서 볼만하다. 좌우에 있는 승방僧房은 새로 지은 판잣집이고 법당은 이제 막 차례대로 짓고 있다. 스님들 10여 명이 바쁘게 일을 하느라 겨를이 없었기 때문에 이야기를 나눌 사람이 없었다.

1691년은 숙종 17년으로 김수증의 나이 68세이던 해이다. 조카 김창흡과 한계산을 유람하고 기문을 남긴다. 김창협은 「동정기」에서 "15리를 가서 절에 이르러 묵었다. 절이 전에는 폭포 밑에 있었는데 경오년에 불타서 옮겨 세웠으며, 그 후 얼마 지나지 않아 또 불이 나 임시로 대강 얽어 놓은 상태이고, 미처 다시 세우지 못하였다."라고 기술한다. 「심원사사적기」에 의하면 운흥사는 1704년 화재를 당해 백담계곡으로 옮기게 된다. 그곳에 절을 새로 세우고 심원사라고 하였다.

수타사

숲을 지나면 '조담'이 눈에 들어온다. 구유처럼 절벽 밑으로 길게 뻗어있다. 너럭바위 가운데를 뚫고 세차게 떨어지며 만든 못은 용연이다. 물이 떨어지는[水墮] 곳에 자리한 절은 수타사다. 기우제를 지낼 정도로 수타사 용연은 영험한 곳이다. 상류로 올라가면 '궝소'에 닿는다. 여물통을 일컫는 사투리로, 통나무를 파서 만든 여물통처럼 생겨서 붙은 이름이다. 시인은 이곳 다섯 개의 물 웅덩이[五湯]를 시로 읊었다.

천년고찰 수타사는 신라 성덕왕 7년708에 원효대사가 창건한 것으로 알려졌다. 창건 당시는 일월사日月寺라고 했다. 조선 선조 2년1569에 지금의 자리로 옮기며 수타사水墮寺로 이름이 바뀌고, 순조 11년인 1811년엔 명칭을 수타사壽陀寺로 바꾼다. 전설이 전해진다. 용연에서 매년 승려 한 명씩 못에 빠져 죽는 사고가 발생하자, 발음은 같으면서 목숨을 뜻하는 '수壽'로 바꾸게 되었다는 것이다. 아미타불의 무량수명을 상징한다는 이야기도 전해진다.

이천보, 「수타사에서 책을 읽다」, 『진암집』

싫은 건 관청 시끄러운 것이라 最厭官齋閙

절 있는 곳 묻고 책을 들었네 携書問上方

덩굴 뚫고 십 리 말 달려 穿蘿十里馬

한밤 책상에서 게송을 듣는데 聽偈四更床

오래된 벽은 뚫어져 달 머금고 古壁虛含月

차가운 종소리 멀리 서리 맞네 寒鐘逈帶霜

내 마음 보니 곧 이러하여 吾心觀卽是

새벽에 일어나 향을 피우네 晨起更燒香

　이천보1698~1761는 수타사에서 책을 읽었다. 홍천 관아는 늘 일로 바쁘다. 속세의 일로 번거로울 때 홍천 현감이 찾는 곳은 수타사였다. 덩굴 뚫고 말 달려 수타사에 도착했다. 한밤에 책을 읽다가 게송을 듣는다. 오래된 벽은 뚫어졌고, 그 사이로 달이 보인다. 차가운 종소리는 서리를 맞아서 더욱 청량하게 들린다. 향을 피우고 조용히 나를 바라본다.

한원진, 「봄에 수타사에 유람 갔다가 조담과 용연을 보다」, 『남당집』

오래된 절 수타사 찾아오니 我來訪古寺
흰 구름 속에서 스님 나오네 僧出白雲間
바위에 앉아 물소리 들으며 聽流同坐石
땅거미 내려도 돌아갈 줄 모르네 日暮不知還

스님이 나그네를 맞아들인 곳은 용담 옆 너럭바위다. 나그네와
스님은 말이 없다. 물소리를 들을 뿐이다. 물소리는 다양하게 들
린다. 세차게 흐르다가 잠시 멈추는 것 같기도 하다. 잔잔히 흐르
면서 속삭이는 것 같기도 하다. 물소리에 집중하다 보니 어느새
어두워지고 물소리는 더 크게 들린다.

박윤묵, 「홍천의 이란하에게 삼가 드리다」, 『존재집』

금강산 유람 후 기쁜 소식 없고　金剛歸後阻喜音
늘 그렇듯 낙엽 지고 꽃 피네　葉落花開一古今
가소롭구나, 수타사 편액 세 글자　可笑壽陀三字蹟
졸렬한 글씨로 절을 더럽혔구나　拙書能不汚祗林

박윤묵이 홍천에 있을 때 수타사 편액을 써달라고 요청해서 글씨를 써 주었다. 졸렬한 글씨로 절을 더럽혔다고 겸손하게 표현했으나, 소박하고 고졸古拙한 글씨다. 소박미는 꾸미지 않은 아름다움이다. '소素'는 원래 염색되지 않은 실을 가리킨다. 염색하지 않은 실은 흰색이다. 그래서 '소素'는 희다는 뜻으로 쓰인다. 박樸은 갓 벌채한 원목을 말한다. 소박이란 원래 가공되지 않은 사물의 원형을 가리키는 말로 기교가 가미되지 아니한 자연스러움을 뜻한다. 박윤묵이 쓴 '수타사'는 대교약졸大巧若拙을 떠오르게 한다. 대교약졸은 인위적 기교가 아닌 자연을 본받아 이루어지는 최고의 단계에 해당한다.

강릉

양양

영 동

속초

동해

고성

심서

한송사지

송광연1638~1695이 강릉의 학담에 은둔하기 시작한 해는 1675 년이었다. 1676년에 동생과 강릉 일대를 유람하고 「임영산수기」 를 남긴다. 먼저 들린 곳은 한산사다. 옛날에 문수사로 불렀다고 적은 것으로 보아 절의 이름이 바뀌었음을 알 수 있다. 이곡이 봤 던 두 석상은 탁자 위에 완연하게 있고, 문밖에는 귀부만 남아 있 었다. 고려 전기에 송나라에서 귀화한 호종단이 사선비를 물에 빠뜨려 귀부만 남았다는 이곡의 기록과 일치한다.

한산사는 한송사로 바뀐다. 채팽윤1669~1731의 「한송정부터 백사정까지」에서 변모를 볼 수 있다. 그는 한송정에 노닐다가 소 나무 사이를 지나 단청이 울긋불긋한 한송사 길상전에 올랐다. 창문을 열고 앉으니 몇 리에 걸쳐 소나무가 줄지었다. 조하망1682 ~1747은 「한송사」를 노래한다. 김이만1683~1758은 「동유록」에서 한송사에 갔는데 절의 동남쪽에 화랑이 노닐던 한송정 옛터가 있 노라고 전해준다. 유주목1813~1872도 「한송사」를 읊조렸다.

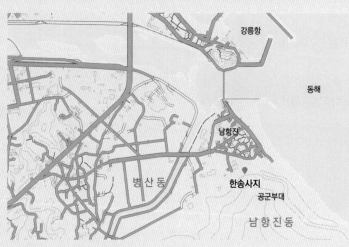

강릉항

동해

남항진

병산동

한송사지
공군부대

남항진동

김시습, 「문수당」, 『매월당시집』

동해 푸른 물결 언저리 절 있는데 寺在東溟碧浪涯

해당화 꽃 속에서 새들 지저귀며 野棠花裏鳥喈喈

흰 모래 푸른 대나무 속 손님 보내는데 白沙翠竹客相送

푸른 바다 황토 초가집 바람 정말 좋네 靑海黃茅風正喈

옛 부처 신령 있어 변환 잘 하는데 古佛有靈能善幻

스님은 할 일 없어 깨끗한 방에 있네 居僧無事坐淸齋

절도 인간 세상의 변화 닮아서 禪宮亦似人寰變

낡은 섬돌 풀 거친데 구름 끼었네 古砌草荒雲半埋

김시습이 문수당을 찾았을 때 절은 이미 퇴락했다. 세상에 변하지 않는 것은 없다는 것을 새삼 느끼게 된다. 섬돌은 낡고 풀이 이미 이곳저곳을 점령한 상태다. 해당화는 사라지고 대나무도 오간 데 없다. 옛터를 찾기도 힘들고 불전을 지켰을 석불은 타향생활을 하고 있다.

조하망, 「한송사」, 『서주집』

넓은 백사장 옆 울창한 소나무　鳴沙十里萬株松
모퉁이 빈 누대 팔방으로 창 트였네　一面虛樓洞八窓
한무제 진시황 언제 돌아갔나　漢使秦童何日返
아득한 푸른 바다 물고기 뛰노네　蒼茫碧海戲魚龍

한나라 원년 3월에 무제가 동쪽으로 가서 해상을 순행하고 제
사를 모셨는데, 아무런 효험이 없었다. 이에 무제가 수천 명에게
봉래산의 신선을 찾아 데려오게 하였다. 진시황은 신선도에 심취
하여, 서복과 한종 등에게 신선을 구하고 선약을 캐 오게 하였는
데, 이들이 가서 돌아오지 않았다. 조하망은 한무제와 진시황이
사람을 보낸 곳이 이곳 동해안이라 생각했다.

김극기, 「문수사」, 『신증동국여지승람』

구슬 같은 시내 옥 같은 봉우리　繞寺瑤溪與玉岑

청량한 경계 지금도 예 같네　淸涼境界古猶今

공중에 바로 솟음 솔 성질 알겠고　尋空直上諳松性

물物에 응해 공空함 대[竹]의 마음 보겠네　應物長虛見竹心

바람 소리 자연의 풍악 울리고　衆籟來供天畔樂

외로운 구름 세상 장마가 되네　孤雲去作世間霖

사신이 해마다 경치 찾으니　使華歲歲探幽勝

연하煙霞는 특별히 깊어라　遮莫煙霞特地深

고려 말에 이곡은 관동 지방을 여행하고 「동유기」를 남긴다. 경포대에 올랐다가 비 때문에 하루를 머문다. 다음날 문수당을 구경한다. 문수당은 후에 한송사로 이름을 바꾼다. 한송사지는 제18전투비행단 부지 내에 편입되어 있어 출입이 자유롭지 못하다. 절터는 바다와 멀리 떨어져 있지 않으며 주변은 소나무가 숲을 이루고 있다. 기와 파편이 한군데에 모여 있고, 주춧돌로 보이는 돌이 모래 위에 놓여 있을 뿐이다.

등명낙가사

1330년에 안축1287~1348이 강원도 존무사로 있을 때 관동지방의 뛰어난 경치와 유적을 보고 느낀 감동을 담은 것이 「관동별곡」이다. "등명사 누대 위에서 새벽종 울린 뒤, 아, 해 뜨는 광경 어떠합니까." 시간을 뛰어넘어 안축의 감동이 전해져온다. 위 작품은 등명사가 관동지방의 대표적인 명소라는 것을 알려준다. 등명사는 지금의 등명낙가사다.

1349년에 이곡1298~1351은 동해안 일대를 유람하고 「동유기」를 남겼다. 그의 발길은 등명사에 들렀다가 바다를 따라 동쪽으로 가서 강촌에서 휴식을 취한 다음, 재를 넘어 우계현에서 묵었다. 유람기만 남긴 것이 아니라 「강릉 등명사시에 차운하다」란 시를 지었다.

『강원도지』는 군 남쪽 2리 화비령 동쪽 기슭에 등명사가 있는데, 등명燈明이라고 이름 지은 뜻은 이 군에 절이 있는 것이 어두운 방에 등불이 있는 것과 같다고 여겼기 때문이라고 한다. 산허리에 위치하여 바다의 파도를 누르고 있으며, 산과 바다의 경치가 양양의 낙산사에 뒤지지 않는다고 기록하였다.

김돈시, 「등명사」, 『동문선』

바다 누르고 선 절 멀리 아득한데	寺壓滄波遠淼茫
올라오니 바다 가운데 있는 듯	登臨如在海中央
발 걷으니 대 그림자 성긴 듯 빽빽	捲簾竹影疏還密
베개 베니 파도 소리 높으락낮으락	欹枕灘聲抑更揚
고요한 밤 경루에 향 촛불 싸늘하고	夜静經樓香炧冷
달 밝으니 객실에 갈건이 서늘해라	月明賓榻葛巾涼
이런 좋은 경치 머물 인연 없어서	堪嗟好景無緣住
온종일 정신없이 먹고살기 바쁘다니	終日昏昏爲口忙

푸른 바다를 누르고 있다 하니 바다가 보이는 절이다. 파도 소리 들린다 하니 해안과 가깝다. 바닷가 절의 모습을 그린 시다. 「제왕운기」를 지은 이승휴1224~1300는 누각에 걸린 시들을 보고 감흥이 일어 「차등명사판상운」을 지었다. "좋아라 금자라산은 옥봉을 머리에 이었고, 힘차게 솟는 푸른 파도 공중에서 부서지네. 학처럼 수척해진 스님은 품격을 자랑하고, 드러난 하늘은 땅의 공교로움을 뽐내노라. 닭도 울지 않은 새벽 누대에는 해가 뜨고, 신기루 일어나는 이곳 해룡은 불어대노라. 탑대는 기이한 정취 서로가 알 듯도 같아, 아침 해 기다리니 만 가지 붉음 드러나노라."

보현사

　강릉시 성산면 보광리 마을에서 걷기 시작한다. 선자령으로 연결되는 길에 궁궐을 짓는 재목으로 이용했다는 강릉의 소나무가 늠름하게 서 있다. 어느덧 영동에서 가장 오래된 절인 보현사에 닿는다.

　보현사는 굴산사와 더불어 10세기 이후 강릉 지역에서 손꼽히는 선종 사찰이었다. 사찰과 관련된 문헌이나 기록은 많이 남아 있지 않지만, 현재 보물로 지정되어 있는 낭원대사탑과 탑비를 통해 당시의 융성했던 사세를 엿볼 수 있다. 절 입구에 세워진 대사탑비는 주변의 노송들과 함께 보현사의 유구한 전통을 알려준다. 대사탑은 담장을 끼고 산으로 올라가야 한다. 산책하기에 적당한 숲길이다.

　940년에 세운 낭원대사탑비에는 보현산 지장선원으로 나오고, 후대의 기록인 『범우고』에는 보현산 지장사로 나오는데 보현사가 뒤를 이었다고 적었다. 이 밖에 『신증동국여지승람』, 『여지도서』, 『동국여지지』에 지장사 또는 지장암으로 표기되어 있으니 모두 지금의 보현사이다.

최언위, 「지장선원낭원대사오진탑비」

사굴산의 범일梵日을 친견하고서
현계玄契를 이어받아 견성하였네!
보현산에서 대중을 지도하시고
학인學人에게 진종眞宗을 보여 주셨네.
법法의 거울 더 높이 매어 달았고
홍종洪鍾은 높은 틀에 걸려 있도다.
젊을 때는 기꺼이 연좌宴坐했지만
어느덧 열반의 문턱에 이르니
태양과 구름 함께 처참해 하고,
하늘과 땅 또한 뒤집어졌도다.
임금은 슬퍼서 오열하시고,
제자들의 마음은 도려내는 듯,
법등法燈은 사굴산서 전해 받았고,
탑비塔碑는 운강雲崗처럼 높이 솟았네.

낭원대사는 속성이 김金이고, 경주 출생으로 유거의 아들이다. 8세에 공부를 시작하여 유학을 익히다가 화엄사의 정행에게 배웠다. 강주 엄천사에서 구족계를 받은 후, 금산으로 가서 암자를 짓고 3년 동안 불경을 공부하고 선을 익혔다. 후에 사굴산문의 개조인 범일의 명성을 듣고 오대산으로 찾아가 범일로부터 심인心印을 받았다. 나이 96세, 법랍 72세로 보현사에서 입적하였다.

청학사지

『증수임영지』에 "청학암은 관청 북쪽 70리 청학산 아래에 있으며 50칸이다."라는 기사가 실려 있다. 이 기록을 통해 절골 내 옛 절터가 청학사의 옛터임을 알 수 있다. 1933년도까지 사찰이 존재하고 있었던 것으로 보인다.

율곡 이이가 일찍이 청학산을 유람하고 유산록을 지었다. 산뜻하고 뛰어난 기운과 아름답고 고운 극치는 실로 바닷가에서 가장 아름다운 곳이었다. 청학사가 있었던 것으로 추정되는 지역은 경작지인 밭으로 개간되었다. 건물에 사용되었던 축대와 많은 기와 파편들이 쌓여 있다. 절터로 가기 전 밭 한가운데에는 조선시대에 세워진 석종형부도 5기가 남아 있다.

전하는 말에 의하면 1935년에 화재를 당해 건물 모두가 소실되었다고 한다. 절터에서 좌측으로 난 산길을 따라 약 4km 가면 암자골이라는 곳에 부도 2기가 남아 있다.

강재항, 「임영기」, 『입재유고』

부의 북쪽 연곡현 청학동은 연곡 서쪽 산에 있는 계곡이다. 현부터 서쪽으로 20리 올라가면 곡연曲淵인데, 곡연의 물은 대개 두 개의 근원이 있다. 하나는 이현泥峴에서 동쪽으로 흘러나오고, 하나는 청학동에서 북동쪽으로 와서 이현의 물과 모여 곡연에 이르러 돌 구덩이 속에 쏟아진다. 매우 깊고 검으며 벼랑은 높고 가파르게 서서 아래로 임하면 두렵다. 곡연부터 남쪽으로 가서 고개 하나를 넘으면 서쪽 골짜기 가운데 청학사가 있다.

율곡 이이1536~1584는 나이 34세인 1569년, 외할머니를 돌보기 위해 잠시 강릉에 내려왔다. 4월 14일, 연곡천을 거슬러 올라 청학동 계곡을 유람하고 이날의 감동을 「유청학산기」라는 기행문에 담았다. 율곡은 청학산이 세상에 알려지지 않은 것을 아쉬워했다. 세상에서 자기를 알아주는 사람을 만나는 것과 만나지 못하는 것은 산만이 아니라고 보았다. 사람도 마찬가지라고 생각했다.

굴산사지

벌판에 우뚝 선 당간지주가 하늘을 찌를 듯하다. 그러나 거칠게 다듬은 돌에서 강건함이 느껴진다. 위는 뾰족하며 상하 2개의 구멍이 뚫려있다. 얼마나 높은 간대가 세워졌을까? 얼마나 큰 당幢이 펄럭였을지 상상이 되지 않는다. 당간지주는 절의 규모를 짐작하게 한다.

절 주위에는 범일의 탄생 설화가 깃든 석천과 학바위 등이 남아 있다. 처녀가 석천의 물을 먹고 잉태하여 범일 선사를 낳았다. 처녀가 낳은 아기라 뒷산 바위틈에 버렸다. 밤과 낮으로 학이 날아와 키웠다. 동네 사람들이 의논하여 어머니 품으로 되돌아왔고, 죽어서는 대관령 산신이 되었다.

통일신라 말에 당나라에서 유학하고 돌아온 범일 스님은 강릉에서 산문을 개창하고 선풍을 진작했다. 이 절은 선문구산禪門九山의 하나인 사굴산파의 본산으로 발전하였으며, 전성기에는 사찰 당우의 반경이 300m에 이르렀다. 쌀 씻은 뜨물이 동해까지 흘렀다.

학산리

굴산사지

석천교

굴산사지
당간지주

굴산사

김극기, 「굴산종」, 『신증동국여지승람』

웅장하고 유장한 굴산사 종 春容崛山鍾
범일 선사가 손수 만든 것 梵日師所鎔
보고 놀란 마음 당황하고 駭看心懼忱
공경하는 마음에 눈물 뿌리네 珍敬淚橫縱
귀신은 다만 도를 행하고 鬼神但行道
새들은 발붙이기 어렵네 禽鳥難著蹤
그대 행여 종 치지 말라 請君莫擊考
동해 어룡 놀랄까 두렵네 東海驚魚龍

범일은 15세 때 출가했고, 20세에 비구계를 받았다. 당나라에 가 제안을 만났다. 범일이 "어떻게 해야 성불합니까?" 하니, 제안이 "도는 닦을 것이 아니요, 단지 더럽히지만 말 것이며, 부처라든지 보살이라든지 하는 소견을 가지지 말 것이니, 평상시의 마음이 도이다."라고 했다. 이 말에 크게 깨닫고 6년 동안 섬겼다. 851년 명주도독 김공의 요청으로 강릉 굴산사에 머물면서 사굴산문을 개창했다.

명주사

1009년목종 12에 혜명과 대주가 창건한 뒤 그들의 이름 한자씩을 따서 명주사라 하였다는 사찰은 현북면 어성전리 만월산에 있다. 1123년인종 1 청련암과 운문암을 세웠다. 이 중 운문암은 본래 다른 이름이었으나 나중에 김시습이 붙인 것이라고 한다.

오십 줄에 들어선 김시습의 발길은 강릉에서 출발하여 양양에 닿는다. 전국을 정처 없이 떠돌던 발길은 몇 년 동안 양양 법수치리 산속에 머물렀다. 『관동읍지』에 검달동에 대한 기록이 눈에 들어온다. "관청에서 남쪽으로 80리 되는 곳에 있는데, 김시습이 살던 곳이다. 자지紫芝가 있는데 오세동자가 캐던 것이라고 한다." 양양부사를 지낸 적 있는 이해조1660~1711의 「현산삼십영」에도 비슷한 설명이 있다. "검달동은 관청 남쪽 80리 되는 산과 계곡 험한 곳에 있다. 겹겹이 쌓인 가파른 산이 둘러 에워싸고 있어 사람의 발자취가 온 적이 드물다. 이곳은 매월당의 예전에 은거하던 곳인데, 남겨진 터가 아직도 있고, 오세동자의 터라고 전해져온다." 김시습이 운문암이라 이름 지어줬을 법하다.

허훈, 「명주사로 향하다가 길에서 짓다」, 『방산집』

시냇물 보이질 않고 물소리만 들릴 뿐 不見溪流響但聞
숲 우거진 깊은 곳에 길 찾기 어렵네 綠陰深處路難分
나무하는 아이 암자 있는 곳 가리키니 樵童遙指禪菴在
산봉우리에서 흰 구름 나오는 곳이네 第一峯顚出白雲

　명주사로 향하는 길은 최고의 걷는 길이다. 소나무 사이로 걸으면 선계로 들어가는 것 같다. 촘촘한 소나무는 한낮에도 햇빛을 가릴 정도다. 부도밭이 눈길을 끈다. 열 개 이상의 부도들이 명주사의 역사를 말해준다. 고승이 적지 않았음을 보여준다. 부도밭에서 잠시 법수치리에 머물던 김시습을 생각한다. 산에 사는 것을 즐겼지만 늘 즐거운 것은 아니었을 김시습. 산속 생활하는 그에게 바람과 함께 회한이 찾아오곤 했다. 결국 그는 이곳을 떠나 무량사로 향한다.

영혈사

느닷없이 숲길로 이어지는 불당골길을 따라 영혈사로 향한다. 산길을 가다가 마을을 통과하기도 한다. 작은 고개를 넘으면 다시 산길로 간다. 포장이 안 된 좁은 길은 자꾸만 걸으라고 유혹한다. 설악산 관모봉 기슭에 도달하고서야 연못이 보인다.

지장전에는 조국을 위해 산화한 호국영령들의 위패가 모셔져 있다. 매년 부처님오신날에 인근 군부대원들이 참석한 가운데 천도제를 봉행하는 호국사찰로 널리 알려져 있다.

『신증동국여지승람』은 영혈사가 설악산에 있다고 알려준다. 『여지도서』는 관아 서쪽 15리에 있으며 설악산 남쪽 산록에 있다고 기록한다. 법당은 세 칸이며 요사채는 열 칸이었다. 조종저는 봄에 우연히 산보를 나왔다가 영혈사에서 모란을 구경하고 시를 지었다. 조선시대에 꾸준히 법맥을 이었음을 여러 문헌 자료들이 보여준다.

이해조, 「현산삼십영-영혈사에서 스님을 찾다-」, 『명암집』

능엄경 혼자 읽을 수 없으니 楞嚴不自讀
누구와 공空과 유有 강할까 誰與講空有
잠시 습지習池에서 헤어졌다가 暫謝習池畔
와서 공문空門의 친구 찾으니 來訪空門友
옥대 풀어놓는 걸 허락했으니 已許玉帶鎭
원앙 수놓은 걸 아까워 말라 莫惜鴛鴦綉
내 백련사에 들려고 하나 欲入白蓮社
이 포도주 어찌 할거나 奈此葡萄酒

습지는 습가지習家池의 준말로, 진나라 산간이 술을 매우 좋아
하여 양양 태수로 있을 적에 번번이 습지에 가서 취하도록 술을
마시고 수레에 실려서 돌아왔다는 고사가 있다. 흥겨운 주연을
비유할 때의 표현이다. 양양 부사였던 이해조는 중국의 양양과
지명이 동일한 것에 착안하여 시를 지었다. 영혈사를 동진의 백
련사에 빗댔으니 주지 스님은 혜원법사다.

오색석사

양양부사 문익성은 1575년에 한계령을 넘어 대승폭포까지 여행하고 「유한계록」을 작성한다.

서쪽으로 5리 남짓 가니 본사가 있다. 양쪽 벼랑은 석벽인데 좌우로 가로 잘린 것이 몇 겹이나 된다. 말을 재촉해서 절에 도착했다. 사방의 돌봉우리가 은빛 족자처럼 깎아지른 듯 서 있고, 한 줄기 맑은 시내가 푸른 옥같이 흐른다. 뜰 가운데 매우 오래된 오층석탑이 있어, 각자 오언절구를 읊어 탑의 표면에 썼다.

성국사는 신라 말에 창건되었다고 하는데, 그 뒤의 역사는 전해지지 않는다. 절의 후원에 다섯 가지 색의 꽃이 피는 나무가 있어 오색석사라 하고 지명을 오색리라 하였다는 말이 전해진다. 문익성은 뜰 가운데 매우 오래된 오층석탑이 있다고 하였는데 탑의 윗부분이 없어진 것은 아닐까. 맞은편에 훼손된 탑재가 쌓여 있고, 그 옆에 형체를 짐작하기 어려운 돌사자가 천년 세월을 뚫고 외로이 서 있다. 절은 오랫동안 폐사로 방치되다가 1970년대에 인법당을 세우고 성국사라 이름하여 명맥을 이었다.

최치원, 「무염화상비명」, 『고운집』

"세성歲星이 끝까지 한 번 도는 때를 넘기면서 대사가 구류九流를 좁게 여기고는, 입도入道할 생각으로 먼저 모친에게 아뢰었더니 모친은 예전의 꿈을 생각하고 울면서 "의諮"라고 하였고, 다음에 부친을 뵈었더니 부친은 늦게야 깨달은 것을 후회하면서 흔쾌히 좋다고 승낙하였다. 마침내 설산의 오색석사五色石寺로 출가하여 승려가 되었는데, 입은 불경의 약맛을 보는 데에 정통하였고, 힘은 터진 하늘을 기울 만큼 왕성하였다.

무염은 어려서부터 글을 익혀 9세 때 '해동신동'으로 불렸다. 12세에 설악산 오색석사의 법성에게서 출가하였으며 그 뒤 부석사의 석징을 찾아가 화엄경 공부하였고, 821년헌덕 13 당나라로 유학을 떠났다. 당나라에서는 선종이 크게 일어나고 있었으므로 선 수행에 몰두하였으며, 20여 년 동안 중국의 여러 곳을 다니면서 보살행을 실천하여 '동방의 대보살'이라 불렸다. 845년문성왕 7, 25년 만에 귀국하여 보령 성주사를 성주산문의 본산으로 삼아 40여 년 동안 주석하였다.

선림원지

미천골은 백두대간을 이루고 있는 설악산과 오대산의 경계가 되는 곳이다. 예로부터 여행객들이 구룡령을 넘기 전에 쉬었다 가는 지점이었다. 계곡에 쌀을 씻은 물이 흘러넘쳤다고 해서 미천골이라 불리는 지역이다. 선림원지로 들어가는 미천골은 고적하기 이를 데 없다.

터만 남아 '선림원지'로 알려진 이곳은 통일신라시대의 절터인데, 여기에 홍각선사탑비가 있다. 이 비는 통일신라 정강왕 원년 886에 세워진 것으로 추정된다. 비신은 파편만 남고 귀부와 이수만 남아 있던 것을 2008년에 비신을 새로 복원하여 현재의 모습을 갖게 되었다. 비문은 운철이 왕희지의 글씨를 모아 새긴 것이라 한다.

홍각선사에 대해서 자세히 알려진 것은 없다. 비의 파편과 『대동금석서』를 참고할 수 밖에 없다. 경서와 사기에 해박하고 경전을 암송하였으며 영산을 두루 찾아 선을 단련하였다. 수양이 깊어 따르는 이가 많았다고 한다.

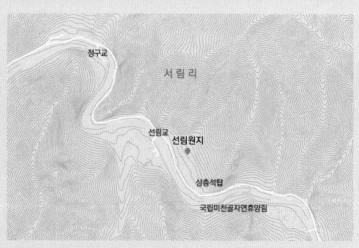

이해조, 「현산삼십영-사림사의 깨진 비석-」, 『명암집』

깨진 비석 누가 보물인 줄 알까 斷碣孰知寶

내 그 아래서 머무르려하네 我欲宿其下

매월당 글 고상하고 고풍스러우며 梅堂文高古

왕희지 글씬 변화무쌍하네 蘭亭筆變化

꿈틀거리는 모습 구분할 수 없지만 微分跳龍勢

왕희지 글씨 쓴 걸 보여주네 能傳換鵝寫

양공羊公의 공적 새긴 비석 羊公一片石

솜씨 빌리지 못해 한스럽구나 恨未此手借

*양공(羊公)은 진나라의 태수로 정치를 잘하였기 때문에 그 공로를 기리기
위해 현산에 비석을 세웠다고 한다.

이해조1660~1711는 1709년숙종 35 2월에 양양부사에 부임했다.
「현산삼십영」 중 흥미로운 시가 보인다. 바로「사림사의 깨진 비
석[沙林斷碑]」이다. 사림사는 선림원을 말한다. 이해조는 매월당이
글을 짓고 왕희지의 글씨를 모아서 비를 세웠다고 보았다. 아마
도 이해조가 절터를 방문했을 때는 비석이 깨져 온전히 해독할
수 없어서일 수도 있고, 김시습이 선림원과 산을 사이에 두고 있
는 법수치리에 살았기 때문에 그렇게 믿었던 것 같다.

낙산사

당나라에서 화엄학을 공부한 의상이 신라로 돌아온 뒤 낙산의 관음굴을 찾아 지극정성으로 기도하였다. 7일 만에 굴속으로 인도하였고, 수정 염주와 여의주 한 벌을 주었다. 다시 7일 동안 재계하고서 진용을 뵈니, "이 자리 위 꼭대기에 대나무가 쌍으로 돋아날 것이니, 그곳에 마땅히 불전을 지어야 한다."라고 하였다. 이에 금당을 짓고 불상을 봉안하고 낙산사라 하였다. 창건 설화가 『삼국유사』에 실려 있다.

이식은 낙산사의 대표적 문화재로 "안견의 수묵화와 임억령의 시, 천년 낙산사 뛰어난 두 작품으로 기이해졌네."라고 읊으며 시와 그림에 주목하였다. 박지원이 꼽은 것은 성종의 친필, 숙종의 어제시, 예종 원년인 1469년에 만들어진 범종이었다.

공중사리탑을 지나 해수관음상 앞에 섰다. 여기선 관음보살 부처님에게 소원을 빌던 조신 설화를 기억해야 한다. 인생의 허무함을 느끼고 다시는 인간 세상에 뜻을 두지 않고 불도에만 전념했다는 이야기는 『삼국유사』에 전해진다.

일연, 「낙산이대성 관음 정취 조신」, 『삼국유사』

잠시 즐거운 일 마음 맞아 한가롭더니 快適須臾意已閑
근심 속 남모르게 젊은 얼굴 늙어졌네 暗從愁裏老蒼顔
모름지기 누런 조 익기 기다리지 말고 不須更待黃粱熟
괴로운 인생 꿈과 같음 깨닫기를 方悟勞生一夢間
몸을 닦는 것 성의誠意에 달린 것 治身藏否先誠意
홀아비는 미인, 도적은 창고 꿈꾸니 鰥夢蛾眉賊夢藏
어찌하여 가을날 밤 맑은 꿈만으로 何以秋來淸夜夢
눈을 감았다고 청량한 세계 이르랴 時時合眼到淸凉

신이한 설화 속에 낙산사가 창건된 것은 671년이다. 1467년 세조 13년에 왕명으로 크게 중창하였고, 임진왜란과 병자호란 때 화재를 겪었다. 다시 중건했으나 1777년 정조 원년 화재를 당하여 다음 해 중건하였다. 한국 전쟁 때 소실된 것을 1953년에 다시 지었지만, 2005년에 화재를 입었다. 낙산사의 소실과 중건의 역사가 여기저기 훼손된 칠층석탑에 고스란히 아픔으로 새겨져 있다. 낙산사는 설화와 역사, 신이함과 아픔이 공존하는 공간이다.

임억령, 「청허자의 시를 보고 고체 36운으로 기이한 일을 적다」, 『석천집』

저녁에 투숙한 낙산사 暮投洛寺棲

멀리 금산金山과 견줄 만하네 迥與金山敵

큰 바다 절 아래서 부딪치니 大洋衝其下

천지가 좁음을 문득 깨달았네 頓覺天地窄

(중략)

내 우주를 살펴보니 吾觀宇宙間

온갖 변화 한판 바둑 萬變一局奕

취해 이화정에 누우니 醉來臥梨亭

지는 꽃 모자에 가득하네 落花盈我幘

총 52구의 장편 고풍의 시는 자유분방한 시상의 전개와 방대한 스케일의 상상력을 보여준다. 시인 자신을 신선에 비유하면서 시작하더니, 낙산사의 형세를 간략하게 묘사한다. 본격적으로 고래를 등장시켜 바다에서 빚어내는 온갖 변화를 묘사하며 호방의 풍격을 보여준다. 천지를 뒤흔들며 격동하는 파도의 모습에서 호장豪壯한 기세를 느끼기에 부족함이 없다. 남들이 별로 주목하지 않았던 안견의 그림과 임억령의 시를 강조한 것은 이식의 탁월한 견해다.

강헌규, 「유금강산록」, 『농려집』

남쪽 마을 낙가산 사뿐히 오르니　快登南里洛迦峰
바람이 구름 걷어 달빛은 곱네　風捲纖雲月色濃
원통한 대성 이치 알려 하거든　欲識圓通大聖理
이따금 꽃 물은 파랑새 만나야지　有時靑鳥喞花逢

　박지원이 꼽은 마지막 보물은 범종이다. 예종 원년1469에 김수온이 짓고 정난종이 글씨를 썼다. 제작 과정은 물론 제작에 관여한 여러 장인을 언급하였다. 글의 앞부분은 이렇다. "나는 여래의 가르침을 알진 못하지만, 반드시 (돌이나 금동으로) 부처를 만들고 불당을 장엄하게 만드는 것은 중생의 눈은 보아야 믿음이 생기기 때문이다. 절에 종이나 북을 만들어 두는 것은 중생의 귀는 들어야 마음을 깨치기 때문이다." 이 범종은 2005년 화재에 녹아내렸다.

홍련암

홍련암은 우리나라 3대 관음성지로 알려져 있다. 창건 설화에 의하면 홍련암은 의상대사가 관음보살의 진신을 친견한 장소다. 암자를 세우고 푸른 새가 사라진 굴을 관음굴이라 불렀다고 한다.

신이한 설화의 배경인 관음굴은 중국까지 알려졌다. 『고려사절요』에 따르면 1095년에 송나라 스님 혜진이 관음굴을 보고자 하여 왔다며, 가서 보기를 청하는 대목이 보일 정도였다. 『태조실록』은 관음굴에 기도했더니, 밤 꿈에 중이 고하기를, "반드시 귀한 아들을 낳을 것이니 마땅히 이름은 선래善來라고 하십시오."하였고, 얼마 안 가서 아이를 배어 아들을 낳고 이름을 선래라고 했다는 기록이 있다.

홍련암은 낙산사에 온 사람은 반드시 들려야 하는 코스가 되었다. 김금원1817~?은 「호동서락기」에 감동을 이렇게 적어놓았다.

관음사는 바다 위에 있는데 한쪽은 언덕 귀퉁이에 의지해 있고 한쪽은 기둥을 바다 쪽에 세워 허공에 얹어 절을 지었다. 법당은 굉장한데 불상은 흰 비단으로 감싸 놨다. 마루 가운데 판자에서 바닷물이 들어오고 나가는 것을 내려다보니 석굴 속에 울리는 소리는 마치 갠 하늘의 우렛소리가 산악을 뒤흔드는 것 같다. 창문을 열고 멀리 바라보니 물빛이 하늘과 맞닿아 있는데 산과 내의 경물이 모두 그림 속에 있는 듯하다. 흰 갈매기들이 하늘을 선회하며 내려앉는 것도 역시 하나의 기이한 경관이다.

최창대, 「관음굴」, 『곤륜집』

바다가 밤낮으로 파도를 쳐서 滄溟日夜翻
바위에 그만 붕괴된 곳도 생겼네 石齒有崩漉
말하지 말아다오 두 구멍 사이에 不謂空嵌間
허공을 가로질러 집을 지었다고 憑虛架樑屋
격렬한 파도 산 밑둥 때려 대니 層濤礌山根
여향이 골짜기를 진동하네 餘響振崖谷
흡사하다 산 위서 나는 우렛소리 有如山上雷
번개를 동반하고 우르르 하는 듯 隱隱驅電轂
처마에까지 하얀 물방울 뿜으니 當檐歕素沫
부처의 휘장은 빨아 놓은 것 같네 佛幌如渥沐

이유원은 『임하필기』 중 「봉래비서」에서 낙산사 일대를 묘사하한다. "낙산사는 양양군에서 20리 떨어진 지점에 있으며, 관음굴이 그 곁에 있다. 바다 위 두 바위에 절을 일으켰는데, 의상대사가 창건한 것이다. 세조대왕이 중수하였다." 이어서 최창대의 시를 인용하였는데 「북진을 건너 낙산사로 향하면서」, 「낙산사에 이르러」, 「낙산사에서 달밤에」, 「일출을 보다」, 「낙산 앞바다에 뱃놀이를 하면서」 등을 「관음굴」과 함께 수록하였다.

박윤묵, 「관음굴」, 『존재집』

파랑새 날아가자 여의보주 생기니 彩禽飛去寶珠新
신령한 감응으로 법륜을 경험했네 靈應當時驗法輪
삼생三生이 모두 환영이라 한다면 若道三生都是幻
바다도 진짜 현신現身이 아니리라 不須滄海現眞身

푸른 새를 만난다. 새가 석굴 속으로 들어가자 굴 앞에서 밤낮으로 7일 동안 기도를 하고, 7일 후 바다 위에 붉은 연꽃이 솟아나더니, 그 위에 관음보살이 나타나 친견했다. 암자를 세우고 홍련암이라고 이름 짓고, 푸른 새가 사라진 굴을 관음굴이라 불렀다. 『삼국유사』는 굴속에서 예배를 드리니 수정 염주 한 꾸러미를 내어주고, 동해의 용도 여의보주 한 알을 바쳐서 대사가 받들고 나와 7일을 재계하고 나서 관음보살을 보았다고 기록하였다.

조병현, 「관음굴 일출」, 『성재집』

일렁이는 파도 치는 굴 암자 세워 層濤擊窟駕禪欄
부상扶桑 가는 길 가까이 보이네 一路扶桑咫尺看
맑고 푸른 유리 삼만 리이며 澄碧琉璃三萬里
구름 속 받든 건 붉은 황금 쟁반이네 雲中擎出赤金盤

김금원은 「호동서락기」에서 일출의 감동을 이렇게 적어놓았
다. "조금 있자 홀연히 붉은 거울 하나가 바다에서 불쑥 솟아오른
다. 구름 끝이 아래로 늘어져 있는 곳에서 점차 올라오자 빛이 회
오리쳐 끓으며 백옥 같은 쟁반에서 진주를 높이 들어 올리는 듯
하고, 잔잔한 푸른 물결이 넘실거리는 저편에서 붉은 비단 일산
처럼 가볍게 흔들린다. 얼마 지나지 않아 흐린 구름 기운을 뚫고
빠르게 둥근 바퀴가 그대로 솟아오르니, 나도 모르게 깜짝 놀라
미친 듯 기뻐하며 펄쩍펄쩍 뛰며 춤을 췄다."

신흥사

설악동 호텔 맞은편 길가에 쓸쓸히 '향성사지 삼층석탑'이 서 있다. 권금성을 배경으로 서 있는 탑은 아주 오래된 이야기를 들려준다. 『건봉사급건봉사말사사적』에 의하면 신라 진덕여왕 6년인 652년에 자장율사가 향성사를 창건한다. 이때 탑과 불사리를 봉안했다. 삼층 석탑은 동해안에서 가장 북쪽에 있는 신라시대 석탑이 되었다.

향성사에 불이 나자 내원암 자리인 능인암터에 중건하고 선정사라 개칭한다. 1642년에 화재가 발생하여 소실되자 백발신인이 나타나서 지금의 신흥사 터를 점지해 주며 "이곳은 만대에 삼재가 미치지 않는 신역神域이다."라고 말씀하신 후 홀연히 사라졌다. 점지해 준 터에 절을 중창하니 지금의 신흥사이다.

신흥사는 설악산을 찾는 사람들의 베이스캠프 역할을 해왔다. 이곳을 찾은 숱한 사람들은 계조암과 흔들바위를 구경하러 가거나, 비선대로 향하곤 했다. 가끔은 마등령을 넘어 오세암과 봉정암으로 발길을 돌리기도 했다.

김창흡, 「신흥사에서 저녁에 거닐다」, 『삼연집』

비선대서 돌아오니 새도 나무로 자러 가고 仙臺歸後鳥投松
빈 경내 한가로이 거니니 종소리 가득 散步虛庭滿耳鍾
머리 돌려 가마 지나온 곳 바라보니 回首筍輿穿歷處
달 주변엔 근엄한 봉우리 촘촘히 늘어섰네 月邊森列儼千峯

1705년에 김창흡은 이곳에 들려 시를 짓는다. 신흥사를 찾은
사람들은 대부분 비선대나 울산바위를 구경하기 위해서였다. 김
창흡도 마찬가지다. 시는 깊은 밤 신흥사의 모습을 보여준다. 설
악산에 달뜨자 주변은 온통 산들이다. 아마도 권금성 부근의 산
을 보았던 것 같다. 텅 빈 마당에서 거닐고 있는데 종소리가 울려
퍼진다. 종소리는 앞산에 갔다가 되돌아오며 계곡 전체에 울렸을
것이다. 그 속에서 서성이는 김창흡의 모습이 보이는 듯하다.

김상정, 「저녁에 신흥사에서 투숙하며」, 『석당유고』

수레 삐걱이며 소나무 속으로 들자 　肩輿伊軋入松行
신흥사 종소리 저녁 노을 속 퍼지네 　山寺鐘鳴暝靄平
신선을 보지 못했지만 이미 취하는데 　未見飛仙神已醉
밝은 달은 권금성 위로 떠오르네 　娟娟月上權金城

　비선대에서 종일 놀다가 저녁 무렵에 신흥사로 돌아오는 중이다. 마침 저녁 예불을 알리는 종소리가 설악동을 울린다. 비선대에서 몇 잔 걸치거나, 아니면 아름다운 경치에 취하거나 둘 중의 하나일 것이다. 여운이 남아 있어 달밤에 신흥사 경내를 서성이다가 동쪽을 본다. 담장 너머로 권금성이 까맣게 서 있고, 그 위로 밝은 달이 어둠 속 설악을 비춘다. 밝은 대낮의 설악산이 형형색색으로 정신을 차리지 못하게 만들었다면, 밤의 설악산은 수묵화다. 검은색의 농담으로 그려진 주위는 장엄함을 연출하고 있었다.

강진, 「신흥사서 묵다」, 『대산집』

금방울 층층이 탑에 매달린 가을날 金鐸層層玉塔秋
설법하듯 옥소리 나는데 다시 왔네 琮琤如說我重遊
심근은 밝게 비춰 도무지 잠 오지않고 心根映徹都無夢
몸은 맑아져서 근심 사라지네 身界淸泠不着愁
바람 고요한데 불경 소리 들려오는데 風靜經聲廻別院
달 밝아 산 그림자 속 빈 누대 오르네 月明山影上空樓
향 피우며 휴공休公과 대화하는데 燒香更與休公話
단풍잎 뜨락에 떨어지고 걸상 그윽하네 絳葉流庭一榻幽

1672년에 윤휴1617~1680는 신흥사에 들렀다. "중들이 어깨에 메는 가마를 가지고 동구 밖까지 환영을 나왔다. 신흥사는 설악산 북쪽 기슭에 있는 절로 동쪽을 향해 앉아 있었는데 여러 건물로 보아 규모가 큰 사찰 중의 하나이다. 여기에서 보는 설악산과 울산바위의 깎아지른 봉우리와 가파른 산세는 마치 금강산과 기묘하고 뛰어남을 겨루기라도 하는 듯하다." 「풍악록」의 글이다. 설악산을 유람하는 이들은 신흥사에서 여장을 풀곤 했다. 가마를 메는 중들에겐 반갑지 않은 손님이다.

내원암

부도를 지나 울산바위를 향해 올라가자 등산로 왼쪽에 내원암
內院庵이 자리 잡고 있다. 수수한 모습으로 조용히 있어서 대부분
그냥 지나친다. 암자를 본 사람도 입구에 놓여있는 조그만 다리
를 보곤 발길을 돌린다. 퇴락한 느낌을 줄 정도로 수수하다. 암자
로 향한 길은 시골의 오솔길이다. 암자와 연결된 길은 돌계단을
만들면서 사라진다. 양옆은 시골 담이다. 경내라는 표현보다 마
당이 어울린다. 마당에는 커다란 나무가 서 있다. 시골집에 놀러
온 것 같다. 서늘한 법당에 누워 한바탕 자고 싶은 충동이 일어날
정도다. 법당 지붕 위로 하얀 울산바위가 보인다.

『건봉사급건봉사말사사적』에 의하면 652년에 자장율사가 향
성사를 창건할 때 계조암과 능인암을 세운다. 698년에 향성사와
능인암이 소실되자, 701년에 의상조사는 향성사를 능인암터에
중건하고 선정사라 개칭한다. 이때부터 이곳은 설악산 내의 대표
적인 미타도량으로 기도객들이 찾아들어 명맥이 천년 가까이 이
어져 왔다.

정기안, 「유풍악록」, 『만모유고』

몇 리를 내려와 산을 따라 동쪽으로 향하니 구불구불하고 험하다. 걷기도 하고 가마를 타기도 하면서 5리 쯤 가서 내원암에 이르렀다. 위치는 매우 높으며 경계는 맑고 깊다. 건물과 안석과 돗자리에 한 점 티끌도 없으니 참으로 불교에서 말하는 도道를 돕는 경계이다. 이름이 정색인 스님 한 분이 있는데 모습이 장대하고, 조용히 앉아 강설을 하니 스님 중 뛰어난 자이다. 함께 경전에 대해 말하고 도에 대해 토의하였는데 시간이 지나도 끝이 없다.

내원암의 정색 스님은 채지홍의 「동정기」에도 등장한다. 1740년이었다. 평탄한 길로 노비와 말을 돌려보내고 가마로 사이 길을 가서 내원암으로 들어갔다. 정색 대사는 쌍봉의 문도라고 스스로 말하는데, 얼굴이 자못 빼어나다. 오랫동안 대화를 했다. 신흥사에서 울산바위를 구경하러 오거나, 화암사에서 신흥사로 갈 때 들리곤 했던 곳이 내원암이다. 고승이 거처하는 유명한 암자였다.

계조암

윤휴는 금강산을 구경하고 내려오다가 설악산 계조굴에 들렀다. 바위에 나무를 걸쳐 처마를 만들어서 절을 지었다. 앞에 깎아지른 용바위가 서 있고, 아래는 활모양으로 된 바위가 집채만 한 바위를 이고 있다. 한 사람이 흔들어도 흔들흔들하여 흔들바위[動石]라고 부른다. 『백호전서』에 실린 「풍악록」의 일부분이다. 윤휴는 석굴 안으로 들어갔다.

석굴 안에 들어서니 서늘한 기운이 돈다. 천연 바위굴이기도 하지만 이 안에서 도를 닦던 수많은 수행자의 결기 때문인 것 같기도 하다. 얼마나 비장한 마음으로 자신을 스스로 굴속에 유폐시키고 채찍을 가했을까?

의상, 원효 등 조사의 칭호를 얻을만한 승려가 이어져 수도하던 도량이라 하여 계조암이라는 이름을 얻었다. 석굴 법당은 목탁이라 불리는 바위에 자리 잡고 있어 다른 기도처보다 영험이 크다고 하는 목탁바위 전설이 전해 내려온다.

이경석, 「계조굴」, 『백헌집』

바위굴 절을 품고 있는데 巖窟藏精舍
높은 산이라 짙은 자줏빛 岧嶢切紫冥
바위는 엎드린 용과 호랑이 石皆龍虎伏
봉우리는 봉새와 난새 형상 峯亦鳳鸞形
가랑비 내리자 저녁 안개 일고 暮靄成微雨
뜰 샘물에 한 방울 두 방울 寒泉滴小庭
조용히 잠시 앉아 명상하자 蕭然暫時坐
갑자기 깨달아 마음 시원하네 頓覺爽襟靈

이경석은 금강산을 구경하고 내려오다가 이곳에 들려 「계조굴」이란 시를 짓는다. 문득 깨달음을 얻어 마음이 시원하게 뚫리는, 서늘한 바람이 가슴에 부는 날이 올 수 있을까?

김유는 1709년에 계조암에 들렸다가 계조암 앞에 있는 흔들바위를 보았다. "북쪽 치우친 곳에 크고 둥근 돌이 있는데, 스님이 말하길 이것이 흔들바위로 여러 사람이 밀면 쉽게 흔들리지만 천여 명의 힘으로도 더 흔들 수 없다고 한다. 시험 삼아 해보니 과연 그러하다." 흔들바위는 옛날부터 유명했다. 점잖은 선비들이 진짜인지 시험해볼 정도였다.

금강굴

우뚝 솟은 장군봉 허리에 금강굴이 있다. 굴 안의 깊이는 18m 정도 되고, 넓이는 약 7평 정도 된다. 이곳은 일찍이 원효대사가 수도했다고 전해지는 곳이다. 불을 땠던 구들의 흔적과 불상 등의 유물이 발견되었다.

김창흡은 「설악일기」에서 비선대 좌우로 빼어난 봉우리와 절벽이 매우 많은데, 그중에 금강굴이 제일 기이하다고 언급하였다. 안석경도 「동행기」에서 금강굴을 적어 놓음으로써 예전부터 금강굴이 알려져 왔다는 것을 보여준다.

비선대를 지나 금강굴로 가는 길은 고통의 순례길이다. 장군봉 앞에 도달하면 왼쪽은 마등령 방향이고, 오른쪽은 금강굴로 향하는 길이다. 가다가 멈추고 숨을 몰아쉬었다. 그렇게 반복을 몇 차례 하였다. 아찔한 계단을 부여잡고 올라서면 천불동계곡이 내려다보이는 전망대다. 나도 모르게 뒷걸음치지만, 황홀한 광경에 이내 잊어버린다. 한참 동안 설악산이 보여주는 파노라마에 망연자실하였다.

주세봉, 「천후산을 지나다」, 『무릉잡고』

양양의 천후봉을 바라보고 　一望襄州天吼峯
만 겹 철로 된 연꽃에 놀랐네 　驚看萬疊鐵芙蓉
구름 속 금강굴 찾아가려는데 　穿雲欲訪金剛窟
신선은 아름다운 용모로 있겠지 　應有仙人玉雪容

　나무 의자에 앉아 굴 바깥을 바라보는 것은 또 다른 감동이다. 저 멀리 중청봉이 보이고, 공룡능선과 화채능선이 뾰족뾰족 날을 세우고 있다. 그 밑은 천불동이다. 각기 모습이 다른 불상 1,000여 개를 새겨놓은 듯해서 천불동이다. 하염없이 바라보니 봉우리가 모두 부처님으로 보인다. 부처는 어디 먼 곳에 있는 것이 아니다. 우리의 옆에 있는데 우리가 보지 못할 뿐이다.

보문암터

오세암에서 마등령을 넘어 외설악 신흥사로 향하였다. 이때 외설악에 있는 보문암에서 발길을 멈추었다. 김창흡이 보문암에 왔던 길과 반대길로 보문암을 찾아 나섰다. 비선대에서 출발하여 금강굴 밑을 지나 금강문을 통과한 후 마등령 삼거리까지 걸으며 주변을 탐색하였다. 고도가 높은 곳은 짙은 구름 속이라 주변을 식별하기 어렵다. 금강문과 세존봉 아래를 왕복하면서 가늠하였지만 짐작이 가질 않는다.

김창흡의 「설악일기」를 보면 보문암 이후의 행로가 보인다. "시내를 따라 내려와 외나무다리를 건너니 폭포가 떨어지는 것이 만 길이나 되어 내려다 볼 수 없다. 두려운 마음으로 발걸음을 옮기는데 정신은 두근거리고 담은 흔들린다. 가장 위험한 곳에 이르자 썩은 소나무 하나가 가로질러 있는데 폭이 겨우 몇 척이라 한 번만 헛디뎌도 잡을 수 없다. 이곳을 지나느라 오르락내리락 하는데 좌우가 모두 만 길의 절벽이니 이곳이 이른바 마척암馬脊岩이다." 아마 토막골에 있는 형제폭포를 묘사한 것 같다. 토막골 상류 어딘가에 암자터가 있을 것인데 설악산은 쉽게 허락하질 않는다.

김창흡, 「동유소기」, 『삼연집』

보문암은 설악의 동쪽 곁에 있다. 양양에서 설악을 오르다 보면 암자는 산의 4/5에 자리 잡고 있어서 높다. 남쪽으로 설악의 봉우리들을 마주하고 있는데, 세력을 믿고 다투어 오르니, 하나같이 우뚝 솟아 위태로우며 늠름한 모습이어서 범할 수 없는 모양이다. 암자 앞 가까운 곳에 향로대가 있는데, 기이한 바위들이 층층이 쌓여있다. 꼭대기에 앉아, 봉우리들을 자세히 보니 사람을 놀라게 한다. 여러 기묘한 형세를 쥐고 있는 것이 정남쪽의 봉정鳳頂과 대략 비슷하다. 칼과 창을 그린 그림이 마음을 놀라게 하고 혼을 빠지게 할 수 있다고 논평하는 것은, 도리어 이 경치보다 모자람이 있다.

김창흡의 「설악일기」는 1705년 8월 24일부터 12월 12일 사이의 기록이다. 여기에 보문암이 보인다. "고개 북쪽으로 돌아서 올라가 4~5리를 가서, 두 개의 하얀 바위를 비스듬히 따라 작은 측백나무를 밟고 차츰 고개를 내려왔다. 또 바위 무더기를 만나 어렵게 10여 리를 걸어서 보문암에 이르렀다. 멀리 바라보니 온갖 봉우리들이 빽빽이 늘어서 있는데 암자 동쪽만 봉우리가 없어 바다 저 멀리까지 보이니 실제로 천하의 기이한 볼거리이다."

건봉사

건봉사 역사는 유구하다. 520년에 아도화상이 창건한 이래, 세조가 행차하여 자신의 원당으로 삼은 뒤 조선 왕실의 원당이 되었다. 조선 4대 사찰로 불리던 건봉사는 한국전쟁으로 폐허가 되었고, 휴전 후 민통선 안에 위치하여 출입할 수 없었다. 1980년대 후반 민통선 출입이 개방되어 일반에 알려지기 시작하였다.

500년 수령의 팽나무 옆 불이문을 지나면 경내다. 불이不二란 둘이 아닌 경계다. 스님과 일반인이 둘이 아니고 세간과 출세간이 둘이 아니며, 중생계와 열반계가 둘이 아닌 이치를 가르치는 문이다. 적멸보궁에는 석가모니 진신사리가 모셔져 있다. 사명당께서 포로로 잡혀갔던 조선인을 데리고 일본에서 귀국할 때, 왜군에 강탈당했던 통도사의 석가모니 진신사리를 되찾아서 건봉사에 안치했다. 대웅전으로 가려면 능파교를 건너야 한다. 1708년 건립된 다리는 '속세의 파도를 헤치고 부처님 세상으로 이르는 다리'라 하여 이름 붙였다. 세속의 마음을 청정하게 씻어버리고 진리와 지혜의 광명이 충만한 세계로 나간다는 의미이다.

이재의, 「동유잡사-건봉사-」, 『문산집』

북서쪽 돌아보니 봉황 바위 있고　睠彼乾方鳳石留
홍교 누워있는 곳 누대 섰네　虹橋偃處起禪樓
사명당 자취 진기한 물건 많으니　松雲古蹟多珍玩
흰 비단 가사 옥 허리띠 보이네　白錦袈裟玉帶鉤

　고려시대 도선국사는 절 서쪽에 봉황의 모습을 한 바위가 있어서 서봉사라 하였고, 공민왕 때 나옹화상은 봉황 바위가 서북쪽[乾方]에 있어 건봉사乾鳳寺로 바꾸었다는 이야기가 전해온다. 송운대사는 사명당이다. 그가 평소에 쓰던 물건들이 조선 후기에까지 전해져 왔다는 것을 알 수 있다.

이식, 「건봉사에서 묵으며 빗소리를 듣고」, 『택당집』

초겨울 텅 빈 산 내리는 비 十月空山雨
야밤에 멀리 떠나온 심회 어떠하리 三更遠客心
이른 추위 문틈으로 스며들고 早寒侵戶牖
눅눅한 습기 이불 배어 있네 微潤濕衣衾
자꾸 반복되는 물방아 소리 水碓聲還數
장명등 불빛 곧 잦아질 듯 香燈暈欲沈
눈 아래 펼쳐진 동해 바다여 東溟却眼底
시름 깊이 비교하기 손쉽도다 容易較愁深

이식은 1631년에 간성 현감으로 부임했다. 재직하면서 학교를 세우고 교육에 힘썼으며, 수리 사업을 일으키고 진부령을 뚫기도 했다. 최초의 인문지리서인 『수성지』를 편찬할 정도로 고성을 위해 일을 열심히 하였다. 현감 신분으로 건봉사에 들렀다. 마침 겨울비 내리는 초겨울이었다. 절에서 하룻밤을 보내자니 문득 고향 생각이 난다. 바다와 비교를 해도 될 정도로 깊은 시름이다.

최전, 「건봉사 남루에 올라 우연히 짓다」, 『양포유고』

나그네 알아주는 사람 없어 서운한데 遠客有恨無人知
시내 저쪽 울창한 배나무에 비 내리네 隔溪千樹梨花雨
꽃과 풀 따뜻한 날씨에 더욱 푸르니 芳草迢迢暖更靑
누대 높으나 고향 가는 길 보이질 않네 樓高不見鄕園路

최전은 어려서부터 재주가 뛰어나 신동이라 불렀다. 학문의 진
도가 남달리 빨라 스승으로부터 총애를 받았고, 나이 많은 동문
이 그와 벗하기를 원하였다. 시문은 명나라에서까지 책으로 간행
되어 절찬을 받았다. 그림과 글씨에도 뛰어났으며, 음악에도 천
부적 재질을 발휘하였다. 매화와 조류를 잘 그렸으며, 글씨는 예
서와 초서에 능하였다. 사람들의 기대를 크게 모았으나, 벼슬길
에 오르지 못하고 22살에 요절하였다. 뜻을 펴지 못하고 일찍 불
귀의 객이 되리라는 것을 예감했을까? 알아주는 사람 없어 서운
하다는 시구가 가슴 아프다.

화암사

　금강산화암사라는 현판이 걸린 일주문을 통과하여 올라가면 왼쪽으로 고승들을 기리는 부도 15기가 세워져 있다. 절의 역사가 만만치 않음을 보여준다. 화암사는 신라 혜공왕 5년인 769년에 진표율사가 창건한 것으로 알려졌다.

　남쪽에 우람한 바위는 독특한 바위 모양 때문에 얽힌 이야기도 다양하다. 바위 위에 물웅덩이가 있는데, 가뭄이 들면 웅덩이 물을 떠서 주위에 뿌리며 기우제를 올렸다. 이 때문에 물 수水자를 써서 수암水巖이라고 부른다. 바위의 생김이 뛰어나 빼어날 수秀자인 수암秀巖으로 보기도 한다. 이런 기록도 있다. 옛날 이곳에서 적과 싸울 때 짚으로 만든 거적으로 바위를 둘러싸서 마치 볏가리같이 보이게 하여 적을 물리쳤고, 그래서 화암禾岩이라 했다고 한다.

　1709년, 김유는 미시령을 넘는다. 도적폭포에서 지체한지라 주변은 이내 어둑어둑해졌다. 화암사로 사람을 보내 길을 밝힐 불을 구해오게 했다. 금강산으로 가는 길에 미시령과 석인령을 통과하여 화암사에서 하룻밤 여장을 풀었다. 미시령을 넘나들던 여행객들이 잠시 쉬어가던 곳이 화암사였다.

조위한, 「화암사」, 『현곡집』

오래된 절 황량해 나무조차 성글고 古寺荒涼樹影疏

남은 스님 두세 명 살고 있네 殘僧牢落兩三居

금강산과 이어졌으니 서린 뿌린 멀고 地連楓岳蟠根遠

화암禾巖 만들어진 건 태초 시절 天造禾巖邃古初

계단과 탑 화를 만나 재만 있으나 陛塔縱橫經劫燼

안개 흐릿한 속에 진여眞如를 만나 煙霞仿像會眞如

연못 속 밝은 달 바라보다가 坐看明月涵潭底

그제야 인간 만사 헛됨 깨달았네 始覺人間萬事虛

조위한1567~1649이 들렀을 때 화암사는 황폐해져 겨우 절의 형태만 남아있었다. 석조물만 남아있고, 스님 몇 분만이 겨우 거처할 정도였다. 그 속에서 인간 만사가 헛되다는 깨달음을 얻는다. 허虛라고 했으나 공空이 적절할 것이다. 일체의 현상들에는 근본적인 실체나 주체가 없다는 '공'을 깨달았을 것이다.

김시보, 「화암사」, 『모주집』

화암사로 가는 길 나무 울창하고 禾巖一路樹蒼茫
높은 곳 화려하게 자리 잡았네 高處金銀啓上方
걷노라니 굽이굽이 못 거울처럼 밝고 行愛曲潭明若鏡
너럭바위에 앉으니 서리보다 하얗네 坐來盤石白於霜
우연히 먼 곳서 친구와 약속 있어 偶然千里佳朋約
더불어 한가위라 달빛이 밝구나 兼得中秋霽月光
경계 맑고 추워서 잠잘 수 없는데 境淨山寒渾不睡
바람 물소리 새벽까지 들리네 風泉滿耳五更長

대승폭포를 구경하고 대승령을 넘었다. 영시암에 들리고 수렴
동을 실컷 구경했다. 오세암을 유람하고 백담계곡을 빠져나오며
내설악의 수려함을 눈에 가득 담았다. 동해로 가기 위해 미시령
을 넘는다. 시에 묘사된 것은 미시령 구간과 화암사다. 절에 늦게
도착한 것 같다. 달빛 아래라 횃불이 필요 없었다. 늦가을 산속이
라 추위가 엄습한다. 잠을 이룰 수 없다. 동해안의 바람은 또 어
떤가. 세찬 바람은 아침까지 이어진다.

최성대, 「화암사에서」, 『두기시집』

천후산天吼山 앞에 수레 타고   天吼山前一盖翻
가을 속 악기 부니 산천에 퍼지네   秋陰騎吹亘川原
느지막이 절에 들려 시를 쓰노라니   晚投孤寺題詩處
산은 하늘과 닿고 바다는 어둑하네   岳色磨空海氣昏

바람이 산중에서 불어 나오기 때문에 하늘이 운다[天吼]는 뜻에서 천후산이라고 부르게 되었다. 큰바람이 불려고 하면 산이 먼저 울기 때문에 천후산天吼山이라고 이름 붙였다. 울타리 같아서 울산바위라고도 한다. 양양과 간성에 바람이 잦고 센 것이 이 때문이라고 한다. 울산바위를 보며 화암사를 향해 가는 수레는 풍류가 있다. 악기를 불며 가는 것은 시간에 쫓기지 않는 여유로움이다. 절에 도착하자마자 시인이 된다.

삼화사지

여러 차례 화재로 인한 소실과 중창을 거듭한 삼화사는 1905년에 삼척지방 의병들의 거점으로 이용되었다. 일본은 대웅전 등 200여 칸에 이르는 건물을 모두 불태워 버렸다. 이듬해 다시 건립하여 유지해오다 1977년 현재의 위치로 옮겼다.

허목이 1661년에 두타산을 찾았을 때, 삼화사는 무릉계곡 입구에 있었다. 임진왜란 중에 불타버린 후 허물어진 옛 탑과 철불만 남아 있었다. 철불은 중대사로 옮겼는데, 장마가 들어 중대사도 무너지고 땅에 묻혔다. 세월이 흘러 밭을 갈던 농부가 발견하고 골동품상이 밀반출해서 묵호로 가져갔다. 묵호에 주재하던 기자의 꿈에 나타나 현장을 가니 꿈에서 본대로 숨겨져 있었다. 영험이 있는 철불은 삼화사에 모셔져 있다.

삼화사는 수륙재로 유명하다. 수륙재는 우주의 모든 존재를 대상으로 그들의 외로운 넋을 건지고 극락에 왕생하기를 불심으로 기원하는 불교 의례다. 수륙재에 초청되는 존재는 불보살부터 외롭게 죽은 영혼까지 차별이 없다. 그래서 수륙재는 무차대회라고도 불린다. 조선 초기부터 수륙의 고혼 천도를 위하여 행해졌던 의례는 2013년 국가중요무형문화재로 지정되었다.

윤순거, 「삼화사에서 읊다」, 『동토집』

두타산 깊은 계곡 무릉계 있어　頭陀深洞武陵溪
유람객 찾아도 길 쉽게 찾네　遠客來尋路不迷
참된 근원 도달하니 더욱 뛰어나나　窮到眞源應更好
어찌 산속 해 벌써 서산에 지네　奈何山日已沈西

해는 져 어두우니 바다와 하늘 나직하고　重陰翳日海天低
백봉령에 마음 걸려 말을 재촉하네　複嶺關心促馬蹄
삼화사에 숙박하여 일을 이루니　託宿招提成底事
머리 돌려 구름다리 돌아보지 않네　不堪回首望雲梯

　관리가 동해에 오면 바닷가에서 추암을 보고 죽서루에서 여장을 풀곤 했다. 바다를 구경했으니 계곡을 구경할 차례다. 두타산 무릉계는 관리뿐만 아니라 시인 묵객의 발길이 이어졌다. 윤순거는 정선에서 동해로 오는 중이었다. 오는 도중 길이 어두워졌다. 마침 고개 입구에 삼화사가 있어 고단한 짐을 풀었다.

중대사

허목의 「두타산기」를 보면 중대사의 위치를 알 수 있다. 먼저 허목이 마주친 곳은 범바위[虎巖]였다. 산속으로 들어가 보니 시내 위로 온통 무성한 소나무와 거대한 바위였다. 여울을 굽어보며 서로 마주하여 층대를 이루는 바위가 범바위다. 다음으로 구경한 곳은 무릉계로 널리 알려진 너럭바위다. 너럭바위를 '마당바위[石場]'라고도 한다. 물이 바위 위로 흐르는데, 맑고 얕아 건널 만하였다. 무릉계를 지나면 산이 온통 바위이다. 높고 거대한 바위가 깎아 놓은 듯하고, 앞에 있는 미륵봉은 더욱 진기하였다. 마당바위를 지나 서북쪽으로 올라가면 중대사다. 지금의 삼화사 자리에 중대사가 있었다.

김효원은 1575년부터 1578년까지 삼척 부사를 지냈다. 1577년에 두타산을 유람하고 지은 「두타산일기」를 지었다. 그의 글에도 중대사가 등장한다. 중대사 뒤에 있는 폭포는 바위가 평탄하고 점차 아래로 내려갈수록 위험한 바위가 없어 사람들이 올라가 노닐 만하였다.

채제공, 「지조암에서 내려와 구름사다리를 막 벗어났는데, 스님이 급히 와서 옥호 공이 중대사에 뒤따라 도착해서 나를 기다린 지 이미 오래되었다고 말하였다. 빠른 걸음으로 달려가서 밤새 앉아 앞서 지은 시에 함께 첩운하였다. 이날 거센 바람이 불었다」, 『번암집』

중대사의 대전 물소리 가운데 자리했는데	中臺臺殿水聲中
풍악 울려 따르매 촛불 붉게 타오르네	歌吹相隨燭燄紅
멈춘 구름으로 홀로 가서 어젯밤 시름겹더니	獨往停雲愁昨夜
흥이 나서 수레 몰고 거센 바람 맞섰도다	興來飛蓋傲長風
노란 국화 절을 휘감으니 스님 선정 들고	黃花繞院僧初定
북두칠성 처마에 흔들리니 잎새 반 비었네	珠斗搖簷葉半空
일찍이 영랑永郎이 이곳에 이르렀다면	早使永郎能到此
삼일포로 그리 바쁘게 갈 필요 없었을 텐데	未應三日去忽忽

두타산 무릉계의 경치는 천하 제일이다. 관동팔경 중의 하나인 삼일포보다 훨씬 더 아름답다고 여겼다. 삼일포는 외금강에 있는 호수로 동해에 접해 있다. 네 선인이 호수에 와서 사흘 동안 놀았다 하여 삼일포라 불렀다. 호수 안의 섬에 사선정을 세워 그 일을 기념하였다. 만일 네 선인이 이곳을 찾았더라면 삼일포까지 가지 않았을 것이라고 호언장담한다. 그만큼 무릉계에 대한 자부심이 있었다.

관음암

삼화사에서 용추폭포로 향하다 이내 산으로 올라가기 시작한다. 관음사로 가는 길은 계단과 오르막의 연속이다. 힘들만 하면 건너편의 풍경을 잠시 보여준다. 특히 마당바위와 신선바위에서 건너편 산을 바라보는 전망이 뛰어나다.

「관음암중건모연기」에 의하면, 관음암은 고려 전기인 918년 용비가 창건하였다. 그 후 오랫동안 지조암이라 불렸으며, 한국전쟁 때 불탄 것을 중건한 뒤 관음암으로 고쳐 부르게 되었다. 경내에 행복쉼터가 있어 산행객들에게 음료를 제공한다. 병풍처럼 둘러싼 소나무와 암벽이 암자를 포근하게 감싼다.

허목의 「두타산기」에는 지조암으로 나온다. "구름사다리를 몇 층 올라 지조암을 유람하였다. 이곳은 산의 바위가 다한 곳으로 옆에 석굴이 있고, 석굴 안에는 마의노인이 쓰던 흙으로 만든 평상이 있다. 남쪽으로 옛 산성이 바라보인다."

채제공, 「지조암에서 자다」, 『번암집』

어둠 속 솔바람 만 겹으로 치달리니　暝裏松濤萬疊驅
스님이 옛 성 모퉁이에 비가 온다 말하네　僧言雨自古城隅
신령한 못 낙엽 떨어져도 용은 잠자고　神湫葉打龍能睡
큰 골짝 구름이 이니 별들 문득 사라지네　大壑雲生星忽無
한 이삭 연등이 노을 꼭대기 암자 밝히고　一穗蓮燈霞頂广
오경이라 불전 향로에 향불 재 쌓였어라　五更香爐佛前爐
저들의 면벽 수도 비록 보탬 없지마는　渠家面壁雖無補
서울서 이곳 좇는 무리보단 나으니라　猶勝東華逐利徒

채제공이 무릉 계곡에서 지조암을 방문했을 적에 옥호공에게
편지를 보내 "나에 대해 묻는 사람이 있으면 부디 나를 위해 '중
대의 만 첩 산중에서 뒷방으로 물러난 중이 된 지 오래되었다.'라
고 대답해 주시오." 하였다. 지조암이 외지고 깊은 곳에 있어 채
제공이 인생을 마치고자 하는 소원을 지닐 수 있게 하였으므로,
편지로 장난삼아 말한 것이다. 그럴 만큼 위치가 너무나 험해서
식량을 구하는 데 어려움이 있었다.

천은사

　고려 충렬왕 때 고쳐야 할 폐단 10개 조를 올린 후 파직된 이승휴는 삼척에 내려와 두타산 자락에 용안당을 세우고, 10년간 삼화사에서 1,000상자의 대장경을 빌려 읽는다. 경전 공부와 함께 참선에도 열중하여 출가자 못지않게 수행에 정진하였다. 불경을 읽었던 '용안당'을 '간장사'라 고쳤다.

　『제왕운기』를 저술한 2년 후인 1289년충렬왕 15에 용안당 남쪽에 '보광정'을 지었다. 옆에 '표음정', 정자 아래에 '지락당'이란 연못을 축조해서 별장을 완성하였다. 「간장사기」를 통해 이승휴가 주석하였던 용안당이 간장사라는 것을 확인할 수 있다. 구동의 용계에서 신선처럼 살던 그는 71세인 1294년충렬왕 20되던 해에 홀연히 용안당 간판을 간장암으로 바꾸어 별장을 중에게 희사했다.

　조선 선조 때는 서산대사가 절을 중건하고, 절의 서남쪽에 있는 봉우리가 검푸른 것을 보고 흑악사라고 하였다. 1899년에는 이성계의 4대조인 목조의 능을 수축하고 이 절을 목조의 원당으로 삼았다. 이때부터 천은사로 고쳐 부르게 되었다.

채제공, 「비를 무릅쓰고 흑악사로 들어가다」, 『번암집』

보슬비도 좋다 할 만하여라 微雨亦云好
옷 위 쌓인 먼지 씻어 주니 洗來衣上塵
연하 짙어서 말에 가득 실려 가고 煙霞濃載馬
기장은 길게 자라 사람 키 넘어가네 黍稷長踰人
홀로 가는 길 누가 나를 따르는고 獨往誰從我
예전에 놀러 왔던 봄날 생각나네 曾遊憶在春
글 읽는 소리 홀연 어디서 들리더니 書聲忽何岸
초가집 깊은 덤불 사이 어른거리네 茅屋暎深榛

허목은 『척주지』에서 "흑악사는 옛날의 백련대로 간장암이라고도 하는데, 두타산 동쪽 기슭에 있다. 치소治所에서 서쪽으로 40리이다."라고 하였다. 채제공은 흑악사를 자주 방문하였다. 흑악사에 가려는데 비가 올 듯하여, 밤에 앉아 시를 읊기도 했다. "산사에 새로 사귄 벗이 있으니, 유배를 와서도 내 삶이 맑도다. 산에 가는 날이 내일이거니, 한밤에 일어나 날씨 묻노라."

체제공, 「흑악사를 향해 가면서 시를 읊어 입지에게 보이다」, 『번암집』

무릉도원에서 말 머리 돌리니 해는 기울고　仙源移策日西低
봄 산 비 쏟아지려는지 꽃 그림자 흐릿하네　欲雨春山花影迷
가마 타고 오 리 길에 삼 리나 졸고 온지라　五里肩輿三里睡
맑은 시내 몇 곳이나 건넜는지 모르겠네　不知行度幾淸溪

　무릉계곡에서 실컷 놀다 싫증이 나면 쉰움산 넘어 흑악사로 자리를 옮겼다. 회강정會江亭으로 가기도 했다. 백병산에서 발원한 오십천이 북쪽으로 흐르다가 여기에 이르러 동쪽으로 방향을 바꾸어 동해로 흘러든다. 봉황산 위에 있던 봉황대에 올라 시를 짓는 것도 빼놓을 수 없다. 동쪽으로 바다가 내려다보고 서쪽으로 고을을 굽어볼 수 있는 곳이다. 층층의 성벽과 성가퀴 사이로 죽서루가 보이고, 또 높다란 버드나무와 기다란 방죽도 보인다.

이병연,「흑악사」,『사천시초』

종소리 울리자 산에 달 뜨고 鍾一鳴時山月生
종소리 따라 바람 가고 달빛 밝은데 鍾隨風去月虛明
노승은 염불하나 듣는 사람 없으나 老僧念佛無人聽
염불은 미음에 있지 소리에 없네 念在中心不在聲

　안축은 이승휴의 아들을 위해「간장암에 부친 기문」을 짓는다.
"동안 선생께서는 충렬왕을 섬겨 간관이 되었다가 간언이 받아들
여지지 않자 그 직책을 떠났습니다. 평소 외가가 있는 삼척현의
풍토를 좋아하셔서 마침내 두타산 아래에 터를 잡고 그곳에서 돌
아가셨습니다. 선생께서는 처음부터 유학을 본업으로 삼아 학문
에 있어서는 연구하지 않은 것이 없었습니다. 성품은 불교를 애
호하셨는데 만년에는 더욱 열심히 섬기셨습니다. 이에 이곳에 별
서를 두시고는 용안당이라고 이름을 붙이고 거처하면서, 산에 있
는 삼화사로 가서 불교의 장경을 빌려 날마다 그곳에서 거듭 읽
더니 10년이 되자 마치셨습니다. 후에 별서를 승려에게 주고 편
액을 간장암이라고 바꾸었습니다."

돈각사지

신라 말 고려 초 태백산의 북쪽에서 가장 크고 중요한 사찰이었다는 절터를 찾아 나섰다. 태백에서 출발한 답사는 미인폭포를 먼저 확인했다. 윤선거의 「파동기행」을 기록한 것은 1664년이었다. 그의 글에 쌍 우물[雙井]에서 물을 길어 부처를 공양했다는 대목이 나온다. 쌍 우물은 미인폭포를 지칭한다.

홍전리에서 서쪽 계곡으로 들어가니 붉은 녹이 슨 탄광 시설물이 보인다. 더 들어갔다. 오솔길이 이어진다. 윤순거는 돈각사라 했는데 홍전리사지로 알려진 절터는 매바위골로 들어가 오른쪽 산 중턱의 평탄면에 있다.

홍전리사지는 태백산 북쪽 사면에서 최초로 발견된 9세기 후반부터 고려 시대에 속하는 절터로 명칭은 다양하다. 지역에서는 한산사지로 불리기도 한다. 문헌을 통해 돈각사 또는 각돈원이라고도 한다. 영주-봉화-태백-삼척을 잇는 문화 전파의 교통로를 알려줄 뿐만 아니라 삼중기단석탑의 출현 문제를 처음 제기한 유적이라는 데 의의가 있다.

윤선거, 「파동기행-갑인」, 『노서유고』

오십천은 쌍 우물[雙井]에서 발원하는데 우물은 절벽에 매달려 있고 흐르는 것은 폭포와 같다. 옛날 돈각사는 북쪽 계곡 속에 있는데 하늘 기둥 같은 하나의 석봉이 보인다. 계곡 입구를 막아서 있으니 절의 안산이 된다. 민간에 전하는 말로 절의 중이 쌍정에서 물을 길어 부처를 공양했다고 하는데 황당무계한 말이다.

윤선거는 1664년 4월 14일 아침에 덕전촌에서 출발한다. 계곡에서 말에게 꼴을 먹였다. 계곡의 돌 색깔은 모두 다섯 종류인데 모양이 매우 기이했다. 동국여지승람에서 척주에서 마노석이 난다고 했는데, 바로 이곳을 말한다. 해질녘에 태백시 황지와 삼척시 도계읍 사이에 연결하는 옛 고갯길 느릅령을 넘었다. 옛날 돈각사라고 칭했으니 이때는 폐사가 된 것 같다. 북쪽 계곡 속에 있는데 하늘 기둥 같은 하나의 석봉이 보인다고 적었다. 계곡 입구에서 보니 석봉이 우뚝하다.

찾아보기

ㅁ

ㅂ

336

ㅈ